국화꽃 향기

국화꽃 향기 2

김하인 지음

생각의 나무

만약 시간을 병 속에 저장할 수 있다면
나는 제일 먼저 흐르는 세월을 영원히 저장하고 싶습니다.

나는 당신 때문에 울었습니다.
나는 당신 때문에 살고 있습니다.
나는 또 당신 때문에 죽겠습니다.
내 인생을 당신께 드리겠습니다.

남자는 가슴을 치며 울었다. 매일 한 침대에서 같이 잠을 자는 여자, 그리고 죽어가는 여자, 자신의 아이를 낳기 위해 기꺼이 죽음을 선택한 그 여자의 마음을 그토록 오래 알지 못했다는 사실을 믿을 수가 없었다.

어떤 날…… 어떤 날 말이야, 승우 씨 혼자 있는데 …… 갑자기
바람이 불어와서 앞머리칼을 흩뜨려 놓거나……, 어느 순간 공기 속에서
국화꽃 향기가 난다면, 내가 승우 씨 옆에 와 있다고 생각해 줘.
그래서 내가 근처에 있는 걸 알았다면…… 눈을 감고 손을 펴서
가만히 앞을 향해 뻗어봐. 그러면 뭔가 느껴질 거야.
내가 승우 씨 손에 뺨을 대고 있을 테니까. 온기든 서늘한 감촉이든 틀림없이 …….

차 례

국화꽃 향기

2

저녁에

저렇게 많은 중에서
별 하나가 나를 내려다본다
이렇게 많은 사람 중에서
그 별 하나를 쳐다본다

밤이 깊을수록
별은 밝음 속에 사라지고
나는 어둠 속에 사라진다

이렇게 정다운
너하나 나하나는
어디서 무엇이 되어
다시 만나랴
— 김광섭의 〈저녁에〉

폐교

1998년 9월 5일

며칠 사이에 미주는 영화사를 빠르게 정리했다. 기획 실장에게 말했더니 현체제를 자신에게 넘겨주면 어떻겠느냐고 했다. 그는 미주가 아기를 가져, 적어도 몇 년간은 일을 그만두겠다는 결정을 내린 것으로 해석했다. 미주가 그런 징후의 말을 몇 마디 흘려두었기 때문이었다. 그건 잘된 일이었다. 열 명이나 되는 직원이 자신의 개인적인 일로 직업을 잃는 것이 기분 좋을 리 없었던 미주는 흔쾌히 기획 실장의 제안을 받아들였다.

현재 진행 중인 영화 제작 관련 건까지, 사무실에 가득 찬 영화 자료와 서류, 영상 카메라 기자재, 비품 일체까지 그대로 넘겨주면 좋겠다는 그의 말에 미주는 쉽게 그러자고 했다. 미주가 애써 쌓은 영화사 이름과 유무형의 실적 같은 브랜드도 함께. 기획 실장은 그 모든 비용을 뽑아서 제출하겠다고 했다. 직원들에게 위로금과 3개월 정도의 월급을 주고 나면 어느 정도 여유 있는 돈이 나올 것이었다. 미주는 그냥 몸만 빠져 나오는 형태였다. 대표가 바뀌는 것일 뿐 직원들은 그 사무실에서 그대로 일한다고 생각하니 마음이 가벼웠다.

평생 동안 열정적으로 하고 싶었던 일을 접었다는 아쉬움과 상실감이 컸지만 미주에게 그런 일은 비교적 간단한 수순에 불과했다. 문제는 사람들인 것이다. 미국에 있는 남동생과 시댁 어른들, 정란이를 비롯한 몇 명의 절친한 지우(知友)들, 그리고 생각만 해도 목 위로 단번에 물이 차 올라 눈에서 흘러내리게 만드는 승우라는 남자…….

미주는 일찍 일어나 오랜만에 화장대 앞으로 가서 얼굴을 손보았다. 아내와 간단하게 아침을 챙겨 먹은 승우는 실내에서부터 선글라스와 모자를 쓰고 여행 가방을 챙기고 있었다. 룰루랄라였다. 승우는 여름 내내 방송국 사정상 휴가를 내지 못하다가 여름이 다 끝나가는 어제 나흘간의 휴가를 얻었다.

그들은 속초로 가기로 했다. 대포항에서 회도 먹고 그 근처 지역에 자리를 잡은 CDS 선배 집에서 묵기로 했다. 주철 선배인데

통계학과를 나와 잠시 공무원 생활을 하다가 접고는 아내 경희 선배와 함께 강원도로 내려가 도자기를 만들고 있었다. 경희 선배가 도예학과 출신이었는데 이제는 주철 선배가 아내보다 도자기를 훨씬 잘 만드는 모양이었다. 몇 번 통화를 했었는데 아내도 인정하는 모양으로 주철 선배는 큰소리를 치면서 놀러 오면 자기 솜씨를 유감없이 보여 주겠다고 했다. 작년에 폐교(閉校)에 자리 잡았는데 4차선 도로변이고 바다가 코앞이라 했다. 교사 일곱 칸에 운동장도 널찍하고 관사와 기숙사까지 있어서 서울 인간들이 한 며칠 놀다 가기엔 최상이라며 주철 선배 부부가 초대했었다. 덩치가 곰 같고 텁석부리 수염이 멋있는 호인 타입의 주철 선배와 경희 선배는 승우와 미주 모두 잘 알고 있었기 때문에 이번에 마음먹고 편안하게 찾아가는 길이었다.

"바로 오라구요? ……네, 네, ……하조대를 넘으면 공항 휴게소가 나오고 그러면 다 찾은 거라구요? 30초 정도 차를 속초 쪽으로 몰면 4차선 도로에서 다리가 있는 샛길이 보이고, 오른쪽 외길을 따라 바다 쪽으로 10초만 천천히 차를 몰면 학교가 나온다…… 맞아요? 네, 네…… 그러지요 뭐. 미주하고 상의해서 결정되는 대로 다시 전화드릴게요. 형수님 잘 계시고 태민이 태현이 잘 크죠? ……하하하, 그러실 겁니다. 두 살 차이 나는 사내애들 둘은 탱크 두 대가 굴러다니는 것 같죠. 알았습니다. 네, 곧 출발할 겁니다. 네, 곧 뵙겠습니다."

승우가 가방을 다 싸고 들뜬 마음으로 미리 사정과 분위기를 파악할 겸 주철 선배에게 전화를 한 모양이었다.

"뭐래?"

"응, 한계령 쪽으로 넘어오는 것보다는 대관령 쪽이 빠를 거라고 하네. 대관령 넘을 때만 좀 지체되지 나머지 영동고속도로 구간은 거의 4차선으로 뚫려 있어서 훨씬 빠르다고."

"그렇다면 강릉 쪽으로 가야겠네? 그럼 회는?"

"회도 선배 사는 쪽에 널렸대. 자기가 릴낚시로 직접 잡아 줄 수도 있다나. 공짜로 싸게 실컷 먹여 줄 테니까 애꿎은 데 돈 뿌리지 말고 바로 집으로 오래. 준비해 놓겠다고."

"잠자리가 불편하지 않을까?"

"전혀 안 그렇다는데? 미주 네가 결정해. 어느 쪽으로 가든 난 상관없어."

미주는 하루 종일 바다만 바라보며 승우와 조용히 쉬고 싶었다. 하지만 그게 첫날이든 마지막 날이든 상관없을 것 같았다. 아니, 사람 좋은 선배 부부와 있다 보면 더욱 평화로워져서 무슨 얘기든 자연스럽게 꺼내기 쉬울 것도 같았다.

"승우 씬?"

"나, 글쎄 다 좋대두."

차 뒷좌석에 릴 낚싯대와 여행 가방 두 개를 밀어 넣으며 승우는 싱긋거렸다. 지금까지 그는 언제나 그랬다. 의견이 갈릴 소지가 있는 것은 언제나 미주에게 선택을 맡겼다. 미주와 같이 사는 것만으로 이미 인생의 목표와 목적을 이루었다고 말하곤 했다.

하지만 미주는 이제부터라도 그의 의견대로 해 주고 싶었다. 사소하지만 지금까지 그녀가 마음껏 누려온 결정권을 그에게 돌려주고 싶었다.

"이번엔 승우 씨가 결정해."

"별일이네. 글쎄, 난 미주 너와 같이 있는 것만으로 어디고 무조건 좋다니까."

"아무튼 핸들 잡은 사람이 승우 씨니까, 승우 씨 맘대로 가. 하긴…… 주철 선배 어떻게 사나 궁금하긴 하다. 그 선배 학교 다닐 때부터 말술이었는데 경희 선배 엄청 속썩었겠지?"

"주위에 횟감이 널려 있어도 술 마실 사람이 없어 못 마신다고 하던데? 그러면…… 먼저 그 집에 들를까?"

"그래."

"후후후, 됐다!"

승우는 침을 꼴깍 삼켰다.

"어이구, 그 생각하니까 자기 눈이 다 번쩍거린다."

"그걸 말이라고 해. 바다 냄새 물씬 풍기는 싱싱한 회가 날 부르잖아. 그것도 무진장이면서 공짜라는 게…… 흐흐흐!"

"아저씨, 그러다가 서울 돌아올 때는 대머리 돼 있을랑가 몰라. 조심하셔."

"문어! 그래, 문어만 잔뜩 먹으면 그렇게 될지도 몰라."

쾌청한 날씨처럼 승우와 미주는 연신 킬킬거렸다.

한강변을 끼고 올림픽 대로를 타다가 하일 인터체인지에서 꺾어 서울 톨게이트를 향해 달렸다. 주말이라면 꼼짝없이 서행 운전을 해야겠지만 다행히 평일이라 길은 쉽게 뚫렸다. 승우의 마음 박자를 맞춰 주는지 라디오에선 경쾌한 〈Surfing USA〉가 흘러나왔다. 비치 보이스가 '가서 신나게 놀라고! 너희들 바다를 맘껏 즐겨 봐!' 하고 소리치는 것 같았다.

"하하하, 정말 절묘한 타이밍이야. 이 노래 널 위해 틀어 준댔어. 김호진 선배 PD인데, 미주 너도 한번 봤지? 잠자리뿔 안경을 낀 날렵한 체구를 가진 사람 말이야."

"응, 기억 나."

"바다로 가는 여감독을 위해서 첫 음악을 이걸로 띄우기로 했거든. 내가 이 타이밍 맞추기 위해 얼마나 머릴 굴렸는지 알아?"

"정말이야? 괜히 꿰어 맞추는 거 아냐?"

"야아, 너 그렇게 나랑 살아도 모르겠냐? 지금 김 선배랑 전화 연결시켜 줄까?"

"아, 됐네요. 근데, 방송 그렇게 사적으로 써도 되는 거야? 고발하면 문책감이다 너. 심의에도 걸리고."

"오! 이 놀라움! 너한테서 처음 듣는 꽉 막힌 소리다. 비치 보이스 노래는 여름 명곡이야. 여름에 걔들 노래로 기분 방방 띄워 주겠다는데 누가 딴지를 거니? 청취자들이 가장 좋아할 만한 곡을 틀어 주는 건 기본이지. 단지 의미를 우표 붙이듯 붙이는 것일 뿐 절대로 권한 남용이 아냐."

"흐으……응! 못 믿겠다. 승우 씨가 사랑을 얻기 위해 자기 프로를 얼마나 전용했는가 사람들이 알면 까무라칠걸?"

"이거 왜 이래? 나도 한 사람의 청취자로 사연을 보내 아르바이트생들에게 당당히 뽑힌 거라구. 그리고 내가 쓴 내용들이 얼마나 인기가 있었는지 모르지? 내 주소를 가르쳐 달라는 엽서가 하루에 스무 통씩은 왔었다."

"정말?"

"그래. 방송국 캐비닛 박스 안에 따로 모아 뒀으니까 얼마든지 증거품을 보여 줄 수 있어."

"그걸 왜 모아 두니? 뭐 하러? 너 호…… 혹시?"

"ㅎㅎㅎ…… 어떻게 알았을까. 그 엽서와 편지들 중에는 열정적이고 달콤한 내용도 많더라고. 사람은 훗날을 대비하는 유비무환 정신이 있어야 하잖아. 만약 자기가 날 걸어찬다면 난 당장 그 박스가 있는 곳으로 달려갈 거야."

"달려가선?"

"그야 뭐 마구 전화를 거는 거지. 절 만나고 싶어하신 누구누구 씨 맞나요? 네, 저…… 전 결국 버림받았답니다. 흑흑흑, 넷? 괜찮다고요? 당신이 절 구원해 주시겠다고요? 고맙습니다. 그럼, 어디서 만날까요, 하는 거지 뭐."

"소설을 써요, 소설을! 언제 가서 그 박스 통째로 확 불질러 버릴 거야."

"그럼 금고털이범 데리고 가야 할걸. 문은 잠겼고 비밀 번호는 나만 알고 있으니까."

"자꾸 그러면 방송국 전체를 폭파시킬 거다. 내가 다이너마이트 구할 정도의 역량이 있는 거 잘 알지? 충무로에 몇 방만 전화 때리면 자기 방송국 날릴 정도 양의 다이너마이트는 곧바로 배달돼."

"이…… 이크! 그걸 몰랐군. '어이구 몰랐습니다 형님! 서울로 돌아가는 즉시 그 박스를 당장 처치해 버리겠습니다! 제발 제 일자리만 건드리지 말아 주십시오 형님!' 됐어? 봐주는 거지?"

하지만 미주의 표정은 마른 빵처럼 굳어 있었다. 라디오 음악 프로 앞으로 날아오는 엽서는 1년 정도 모아 둔다. 나중에 예쁜 그림과 사연, 시가 담긴 엽서전도 따로 열 정도니까. 승우가 농담으로 그런 얘길 한다는 걸 미주는 잘 알고 있었다.

하지만, 불현듯 가슴이 답답해지면서 아팠다. 이 남자는 나 없이 어떻게 하나. 겨우 나이 서른하나의 남자가 평생을 혼자 살 수는 없지 않겠는가. 다른 여자에게 이 남자를 보내야 한……다. 순수해서 곧잘 어리광까지 부리는 이 남자를 포근하게 잘 안아 주고 재워 줄 여자……. 내 발 씻겨 주기를 좋아하고 내가 자기 얼굴 씻어 주는 걸 좋아하는 이 좋은 남자의 새로운 여자가 될…… 여자…….

생각만 해도 가슴이 쓰렸다.

"참, 그 아가씨 잘 있어? 이름이 영은이랬지? 우리 결혼식 때 꼭 참석하고 싶다고 하는데 자기가 일부러 먼 곳에서 날아올 필요가 없다고 했던 그 여자 말야."

"에이, 왜 그래? 순전히 농담인 거 알면서."

"알아. 하지만 갑자기 그 여자가 궁금해서."

"시집갔어. 우리 결혼한 뒤에 1년 정도 지나서. 남편은 교수고 영은이는 개업의고. 잘사는 것 같아."

"으응 그렇구나. 연락은 하고 사는 모양이네."

"작년 연말에 한번 전화 왔었다고 내가 얘기했었잖아. 넌 그때 인쇄소에서 나온 영화 팸플릿 고르느라 정신없었고. 그 이후론 연락 안 왔어."

"후회 안 해? 그 여자, 어머니가 캡이라고 하셨던 것 같은데. 예쁘고 젊고 재원이고 집안 빵빵하고 당신 무지 사랑하고."

"야아, 왜 이러니, 이 멋진 날에. 나 너 없으면 사흘도 못 산다는 거 잘 알면서 괜히 트집이네."

"후후후, 별로 그럴 것 같지 않은데?"

"미주야. 너처럼 머리에서 국화 향기 나는 여자가 흔한 줄 아니? 그 향기 한 번으로 내가 완전히 갔다는 거 아냐. 난 미스터 세계 챔피언 같은 거 뽑지 말고 '여자 사랑하기 세계 대회' 같은 거 열렸으면 좋겠어. 내가 나가면 보나마나 챔피언일 텐데. 같이 살고 있어도 아직 날 모르니? 섭섭하다."

"만약 나 죽으면 혼자 살아야 돼. 알았지? 하지만 난 승우 씨 갑자기 죽으면 절대 혼자 안 살 거다. 이제 웬만큼 지위가 잡히니까 주변에 괜찮은 남자들 쌔고쌨더라."

"에이! 젤 듣기 싫은 소리다. 나 화낼 거야. 그런 무책임한 말을

하다니! 부탁하는데 더 이상 재 뿌리지 마. 마치 어이없게 골을
내고 갑자기 심통 부리는 철부지같이 보이니까."

"하긴 내가 좀 심했다 그치?"

"응. 위로해 줘."

"응?"

"내 가슴을 쓰다듬어 줘. 아까 네 말에 경기 일으켰거든."

미주는 손바닥으로 그의 가슴을 쓸고 토닥거렸다. 그의 표정은
금세 천진난만하게 바뀌었다. 미주의 눈에 눈물이 어렸다. 그녀
는 얼른 자기 쪽의 창문으로 고개를 돌렸다. 산다는 게 점점 더
절실하게 느껴지고 있었다. 하루하루의 일상이란 게 점점 더 뼈
저리게 가슴속으로 파고들고 있었다. 가볍게 흘러가 버린다고 느
꼈던 시간은 얼마나 소중하고 안타까운 것인가.

작렬하는 태양 아래 펼쳐진 자연의 생생함. 아름다웠다. 처음
눈뜨고 보는 것처럼 산의 나무들은 푸르렀고 싱그러웠다.

미주는 창문 너머 풍경을 보고 중얼거렸다.

"녹음(綠陰) 빛깔이 너무나 생생하네!"

주문진을 지나자 바로 양양이었다. 4차선 도로 옆으로 커다란
돌에 음각으로 새긴 지명이 세워져 있었다.

승우는 액셀러레이터에서 발을 놓고 브레이크를 밟아 속도를
줄이며 미주를 돌아보았다.

"주소가 정확히 어디랬지?"

미주는 수첩을 뒤적거렸다.

"양양군…… 손양면 상운리(祥雲里)…… 상운초등학교! 하조대를 지나서 공항휴게소를 찾으면 돼. 거기 서서 보면 넓은 벌판이 있고 맞바라보면 긴 들둑 너머 폐교 교사(校舍)가 보인다고 했잖아."

"그래. 어림잡아 한 20분만 달리면 될 것 같아."

"나, 거기 가서 도자기 만들어야지."

"네 속셈이 보인다. 너무 욕심은 부리지 말라고."

"잔 하나만 만들 거야. 자기가 평생 쓸 수 있도록. 국화꽃도 그려 넣고 손잡이 아래 내 이름도 써 놓고."

"두 개 만들어야지. 세트로. 자기하고 나하고 같이 마시는."

"아니, 한 개만 만들 거야. 만들어서 승우 씨 준다니까! 욕심부리지 말라며?"

"아아, 정말 오늘 언어불통이다. 맘대로 해!"

그렇게 몇 번 가볍게 티격태격하다 보니 공항 휴게소가 나왔다. 그들은 차를 세웠다. 선배 부부가 일러준 대로 앞쪽에 넓은 벌판이 펼쳐져 있었고 오른쪽으로는 바다가 있었다. 시선이 벌판을 가로지르자 기다란 기차 같은, 성냥갑 같은 교실 건물이 긴 방둑 너머로 보였다.

"승우 씨! 저기야!"

"햐, 무지 찾기 쉽군. 이거 너무 빨리 도착한 거 아냐?"

오후 2시가 조금 넘어 있었다.

"전화해 볼까?"

"바로 코앞에서 무슨 전화냐?"

"점심 때문에 그렇지. 시간이 좀 그렇잖아."

"배고프니?"

"아니. 승우 씬?"

"오면서 계속 군것질을 했더니, 전혀. 그냥 가 보자. 바다가 가까우니 나중에 회라도 좀 먹으면 되지."

"승우 씨 정말 살판난 얼굴이다. '회'라는 말만 하면 자기 침부터 흘리는 거 알아?"

"그랬냐? 흡흐, 난 정말 솔직한 게 탈이야."

공항 휴게소에서 5백 미터 정도 속초 방향으로 달리자 주철 선배가 말했던 대로 갈라지는 지점이 있었다. 다리도 있었다. 오른쪽 바다로 난 길로 2백 미터 정도 서행을 해서 폐교 입구에 닿았다.

〈핸드 메이드〉라는 간판이 걸려 있었고 도자기, 염직을 한다는 소제목이 입간판에 자잘한 페인트 글씨로 씌어 있었다.

"염직?"

"천에 물들이는 거 아냐? 야아, 근데 경희 선배 그런 것도 했었냐? 몰랐네!"

"손재주 있는 거 알아줬잖아. 생각 안 나? 나 4학년 때 오비 모임 있었을 때 말이야. 경희 선배 쪽빛 나는 개량 한복 입고 왔었잖아. 한복도 자기가 만들었다면서."

"그랬었나?"

"근데…… 야아, 여기 정말 살기 좋다. 바다도 가까운 데 있고 교통 편하고, 공기 좋고, 맘껏 뛰어 놀 넓은 운동장도 있고."

"나도 이런 데서 살고 싶다. 한 1년만이라도!"

"승우 씨, 우리 정말 그럴까? 주철 선배랑 경희 선배한테 한번 부탁해 볼까?"

"어이구, 아서요. 미주 너는 아마 한 달도 못 견딜 거다. 영화가 하고 싶어서 미칠걸."

승우는 아직 미주가 영화사를 정리하고 있다는 것을 모르고 있었다. 그만큼 기획 실장에게 철저히 입 단속을 시킨 때문이었다.

승우는 차를 교문 안쪽에 주차시켰다. 운동장 반대쪽에서 어린 아이 두 명이 그네에 매달려 놀고 있었다. 일곱 칸의 교실로 된 일자 형 교사가 산사(山寺)처럼 조용했다. 흰 페인트칠이 되어 있어 정갈한 느낌을 주었다. 미주와 승우는 일단 아이들 쪽으로 걸어갔다.

"누가 태민이고 태현이지?"

"큰 녀석이 태민이, 작은 놈이 태현이. 두 살 차이라지 아마. 큰 녀석이 예닐곱 살 됐을걸."

미주에게 대답하며 승우는 아이들을 향해 크게 소리질렀다.

"야, 태민아! 태현아! 작은아버지 오셨다!"

승우는 손을 활짝 펼쳤다. 하지만 두 아이는 말똥거리는 표정이었다. 우리 삼촌이나 작은아버지는 아닌데, 처음 보는 사람이

와서 아주 다정스럽게 아는 체하는 것이 이상하다는 듯이.

똘망똘망한 아이들이었다. 둘 다 야무지게 생겼고 눈빛이 초롱 초롱했으며 되받아치는 것도 똑똑했다.

"아저씨, 혹시 유괴범 아니에요?"

"야, 이런 좋은 데 사는 아이가 그런 흉악한 말도 알고 있네. 네가 태민이니?"

"예."

"넌 태현이고?"

"……예!"

동생은 밤톨머리를 한번 긁더니 주먹을 자기 입으로 가져가며 쭈뼛거렸다.

"아빠, 엄마는 어디 계셔?"

"흙 파러 갔어요."

"흙? 아하, 도자기 만드는 흙?"

"아뇨. 인형 만드는 막흙이에요."

"야, 이 놈 정말 똑똑하네. 언제 오시니?"

"조금 있으면요. 근데 아저씨 아줌마는 누구세요?"

"아, 우리…… 너희 엄마 아빠의 후배들이다."

"후배요? 그럼, 울 아빠 엄마 졸병들이겠네요?"

"졸병? ……하하하, 맞다 맞아. 그렇지."

승우는 녀석들이 귀여워 죽겠다는 표정이었다. 승우와 미주는 두 아이를 그네에 태우고 밀어 주었다. 형제는 잠시 누가 하늘 높이 발로 차나 시합을 벌이다가 약속이나 한 듯이 그네를 멈췄다. 그러고는 무슨 만화인가 비디오인가를 봐야 한다며 부리나케 교사 뒤쪽으로 달려가 사라졌다.

미주와 승우는 아이들이 떠난 빈 그네에 앉아 몸을 흔들었다.

교사 왼쪽으로 커다란 은행나무 한 그루가 서 있었다. 조금만 더 자라면 시골 동네 어귀에 선 느티나무처럼 보일 것이다. 나머지 은행나무는 어디에 서 있을까? 은행나무는 암수가 마주서야 열매가 열리고 꽃이 핀다던데. 막연히 그런 생각을 하며 미주는 주변을 두리번거렸지만 근처에는 자잘한 단풍나무와 얼룩버즘나무, 측백나무만 보일 뿐 또 한 그루의 은행나무는 보이지 않았다.

초등학교 정경은 옛날이나 지금이나 별반 변한 게 없었다. 건물과 그 앞의 화단, 국기봉, 네모난 연단, 시소, 그네, 철봉 따위. 하지만 미주의 눈엔 참으로 정겹게 보였다. 교사 중앙 연단 가까이에는 도자기를 굽는 큰 가마와 작은 가마통 같은 게 보였다. 미주는 속눈썹을 오므려 천천히 정겨운 풍경들을 바라보았다. 다시 그 시절로 돌아갈 수 있다면 얼마나 좋을까, 하는 생각이 들었다. 그러면 암 따위는 가볍게 비켜 나갈 수 있는 지혜와 기회를 가질 수 있을 텐데.

쇠줄에 커다란 고무판을 얹은 그네를 끼끄덩 끼끄덩 쇠줄 소리를 내며 타던 승우가 미주를 돌아보았다.

"내가 밀어 줄까?"

"됐어. 자기나 맘껏 타."

"춘향이 만들어 줄랬더니!"

"반바지 입은 춘향이도 있나? 치마폭이 나부껴야 맛이지."

"그래도 내 눈엔 춘향이보다 예뻐 보인다 뭐."

"향단이로 보이겠지."

"또 삐딱선 탄다 너. 우리 말 나온 김에 배도 한번 탈까? 요즘 고깃배도 하루 정도 싸게 빌릴 수 있다던데?"

"재밌겠다."

"그래. 내일 타자. 주철 선배하고 낚시도 하고."

"어이구, 그거였군요."

"파닥거리는 고기를 낚아 올리는 즉시 회를 떠서 초장에 찍어 먹는 그 맛을 네가 몰라서 그래. 둘이 먹다 하나 죽어도 몰라."

"그래. 그럴 거야. 승우 씬 나 죽어도 입가에 초장만 질질 흘리고 있을 거야."

"왓핫하! 정말 오늘 네 심통 못 말리겠다."

"잘못 말린 오징어는 배배 꼬이게 돼 있어."

"뭐? 역시 네 쏘는 맛은 일품이야."

"우리 저녁때 쏘가리탕 해 달래자. 승우 씨 혓바닥 쏘이게!"

"하하하, 또 당했어. 오! 난 역시 너 없인 못 살아!"

미주는 들은 체도 않고 정색을 했다.

"승우 씨. 주철 선배하고 경희 선배 있을 때 나보고 너, 너, 하지 마."

"그건 또 왜?"

"그 두 선배는 내가 너 2년 선배란 거 잘 알잖아. 창피하단 말이
야."

"풋, 알았네요. 미주 씨! 됐어?"

"응. 알고 있니? 그 맛에 내가 널 데리고 산다는 거?"

"알지 그럼. 내가 바본 줄 아는가 봐. 히히히!"

바다 쪽에서 바람이 불어왔다. 들판에 자라는 키 큰 녹색의 벼
들이 일으키는 소리가 마치 파도 소리처럼 담장 너머로 밀쳐 들
었다.

"언제 오려나? 멀리 간 거 같진 않은데?"

"우리 그 녀석들 보러 갈까? 학교도 둘러보고. 아님, 녀석들이
랑 만화 영화나 같이 보든지."

"넌 애들이 그렇게 좋니?"

"그럼. 애들 보면 조 땅콩같이 작은 것들이 언제 다 자라나, 신
기하잖아."

"아들이 좋아, 딸이 좋아?"

"그건 또 왜?"

"글쎄 말해 봐."

"글쎄…… 흐으음, 그래. 난, 딸이 더 좋아. 우선 예쁘잖아. 하
는 짓도 그렇고. 노란 원피스에 흰 스타킹, 빨간 구두를 신기고
리본을 매 주면 인형 같잖아. 손을 요렇게 모으고 무릎을 까닥대
면서 병아리 같은 입을 삐죽이며 노래를 부르면……. 야아, 생각
만 해도 행복하다."

그러다가 승우는 자기의 들뜸을 쥐어박듯이 아차, 하는 표정을 지었다.

"……미주야, 그냥 그렇다는 거지 별 뜻은 아냐."

"내가 뭐랬니? 흐으음, 딸이라…… 좋아, 그럼 그쪽으로 내가 한번 노력해 보지."

미주는 흐뭇한 표정을 지었다. 태아가 딸이란 것을 정란이가 얘기해 줬던 것이다. 승우가 외아들이라 아들을 원하면 어떻게 하나 걱정했는데 한결 기분이 가벼워졌다.

"뭐……? 너 방금 뭐, 뭐랬냐? 그…… 그럼 너…… 너…… 혹시? 미주야…… 너?"

미주는 그네에 앉은 채로 턱을 쳐들고 한쪽 다리를 꼬고는 거 만스레 팔짱까지 꼈다.

"그래. 나, 임신했어!"

"저…… 저…… 정말이냐? 미주야 진짜지? 지금 자…… 장난하는 거 아니지? 농담이라면…… 나…… 나 무지 화낸다. 농담이라면 지금 말해!"

"승우 씨, 정말이야. 정란이가 그러는데 4개월이래. 아기가 완전히 들어섰대. 안전하게."

미주는 핸드폰을 꺼내 들었다.

"못 믿겠으면 확인해 볼래? 그럴 필요도 없지. 내 아랫배를 만져 봐도 돼. 도톰한 정도를 지나 약간 볼록해졌으니까."

"내가 그걸 어떻게 몰랐지? ……어디?"

승우는 환희가 터지기 직전의 얼굴로 한쪽 무릎을 꿇으며 미주의 셔츠 밑으로 손을 가져다 대었다. 확실하게 배가 좀 불러 있었다. 그런데 그걸 아직도 눈치채지 못했다니.

갑자기 승우는 벌떡 일어나 운동장 4백 미터 트랙을 질주하기 시작했다. 마구 소리를 지르면서. 마구 펄쩍거리면서.

쟤, 참 별나네. 결혼 전 백사장에서도 비슷하게 하더니. 역동적이긴 하지만 좀 그렇네. 점잖게 미소를 짓고 어깨를 가볍게 안아 주면 안 되나? 저 날뛰는 것 좀 봐. 이거 뭐 완전히 영화 〈병태와 영자〉에 나오는 병태처럼 나대잖아.

그런 생각을 하면서도 미주는 행복하게 승우가 헉헉거리며 네 바퀴째 운동장을 도는 것을 지켜보았다. 담뿍 미소를 지었지만 미주의 눈에는 눈물이 얼비쳤다.

운명이 가혹하지 않고 좀 너그럽게, 그냥 평범하게 대해 주었으면 얼마나 기뻤을까. 그냥 처음 임신한 여느 여자들처럼. 그러나 지금 미주는 평범하다는 것이 얼마나 어려운 경지란 것을 절감하고 있었다.

승우는 텅 빈 운동장을 온몸으로 휘저어 기쁨으로 가득 채운 뒤 헉헉거리며 미주에게 달려왔다. 그리고 두 무릎을 꿇고는 미주의 다리 사이에 얼굴을 파묻었다.

"……고마워. 미주야! 정말 너무나 고마워."

"고맙긴 뭐. 그 대신 두 번째는 안 만들어 준다. 하나로서 만족해야 돼. 알겠어?"

"물론이야. 하나라도 난 우주를 통째로 얻은 것 같아. 그 이상 뭘 바랄 수 있겠어?"

"근데 그거 언젠가 나한테 썼던 말 아냐?"

"그래? 너를 가졌을 때는 내가 여신을 얻은 것 같다고 한 것 같은데? 아닌가?"

"에구구, 능청스럽게 이젠 잘도 잡아떼요."

미주는 자신의 무릎에 뺨을 붙이고 두 손으로 자신의 허리를 싸안은 승우의 머리칼을 매만져 주었다.

하늘이 파래. 햇빛은 눈부시고. 나뭇잎은 너무나 푸르러. 바람결엔 바다가 묻어 있는 것 같아.

미주는 고개를 들고 자꾸 그런 생각을 했다. 그녀의 가늘고 긴 손가락은 승우의 검은 머리 숲에서 어찌할 줄을 모르고 문득문득 떨고 있었다. 그의 머리 숲에서 빠져 나오기가 무섭다는 듯. 승우는 뱃속에 있는 아기에게 끊임없이 무슨 말인가를 하며 행복한 웃음 소리를 냈고, 미주는 턱을 치켜든 채 하늘을 향해 목을 늘였다.

이 남자는 여자와 사랑을 아는 사람이다. 여자에게 굽혀 주고 무릎을 꿇어 주어도 그만큼 더 높아지는 사람이다. 부드러움과 착함과 겸손함과 밝음을 가진 이 남자. 이 남자와 함께했고 함께하고 있는 것만으로도 나는 행복하지 않았는가.

미주는 서러운 기운을 삼키며 목을 완전히 젖혀 눈부신 하늘을 가뭇하게 올려다보았다.

이 순간을 영원히 기억하고 싶어서. 뼈 속에 푸른 바람과 함께

깊이 스며들게 하기 위해서. 자신이 사랑을 만지고 있다는 것을
순간순간 확인하여 저 하늘 구름 어디엔가 모아 두기 위해서.

사랑이 오네

서커스가 오면 사랑도 다시 올 거라네.
가슴 아프게 할 그 사랑이 나는 두렵네.
음악처럼 달콤하고 또다시 배신할 사랑이 온다네.
가슴을 뛰게 하고 또다시 늪으로 몰아넣을 사랑이 오네.
누가 나에게 다가와 사랑을 속삭일 것인가.
완전한 여자가 되도록 누가 날 이끌 것인가.

끌로드 를르쉬 감독의 영화 〈여정〉에 흐르던 노래.

태아

사흘 동안 미주는 대단히 행복했다. 주철 선배와 경희 선배는 자족할 줄 아는 사람들이었다. 삶이 소박하고 검소한 만큼 바닷빛, 하늘빛, 쪽빛의 마음을 가진 사람들이었다.

그들 가족은 일자형 교사 뒤 오른쪽 구석에 있는 관사에서 생활했다. 그 옆으로 20여 미터 떨어진 독단 외채가 기숙사였는데 미주와 승우는 그곳에 머물렀다. 수도 시설이며 화장실, 우물까지 옆에 있어서 그 물을 두레박으로 퍼마시면 내장이 시원해질 정도였다. 학교 뒤편으로 이어진 마을에는 순박한 사람들이 모여

살고 있었다. 산나물도 흔했고 해산물도 흔했다.

　주철 선배는 밤마다 여러 종류의 물고기를 가져 와 석쇠 위에 올려 놓고 물고기 파티를 벌여 주었다. 우물 옆에 앉아 갓 잡아 올린 물고기를 회 쳐 먹거나 생불에 구워 먹는 맛은 일품이었다.

　주철 부부는 미주가 아기를 가졌다는 것을 알자 환호성을 지르며 박수를 쳤다. 그들은 생각 이상으로 잘해 주었다.

　교실 일곱 칸 중 세 칸은 부부가 만든 도자기들이 진열되어 있었고 한 칸은 작업실이었다. 부부가 쓰는 물레 두 개, 흙을 반죽하여 뽑아서 재어 놓은 연통 모양의 비닐로 싼 흙더미들. 초벌, 재벌한 도자기 제품들인 생활 그릇들, 접시들, 갖가지 모양과 색깔과 그림이 그려진 머그 잔과, 다기(茶器) 세트들, 도자기 시계, 도자기로 만든 거울, 달마와 난이 쳐진 도자기 그림 접시……. 없는 게 없었다. 한쪽 벽은 초벌한 흙인형들로 채워져 있었다. 도자기 탈과 가정을 지키는 작은 도자기 장승들, 박수근 그림에 나옴직한 아기 업은 엄마 인형, 얼굴 인형, 시리즈 인형 등등. 작업실 옆 한 칸은 염직실이었고 나머지 두 칸은 가끔씩 오는 단체나 모임을 위해 대여해 주는 공간으로 쓰여졌다. 그곳엔 물레와 가마도 있었다.

　미주가 경희 선배와 함께 도자기를 만드는 동안 승우는 주철 선배와 릴낚시를 하러 바다에 갔다. 한 시간만 물에 찌를 담그고 있어도 손바닥 이상 크기의 돔 고기 서너 마리는 거뜬하게 물려 올라왔다.

때로는 하조대로 나가 커피와 주스를 마시고 오기도 하고, 생필품을 사러 양양 읍내로 가 대형 매점에서 필요한 것들을 뒷좌석에 가득 싣고 오기도 했다.

종종 이곳을 찾는 손님들은 직접 도자기를 만들거나, 주철 선배 부부가 만든 생활 도자기를 골라 갔다. 신혼 부부나 아이들을 데리고 온 부부들이 흙판에 기념 손도장을 찍거나, 커튼이나 식탁보를 치잣빛으로 염색하기 위해 오기도 했다.

미주는 양손에 태민이와 태현이의 손을 잡고 마을 안쪽 길을 걸어 바닷가에 나가 모래성을 쌓다가 돌아오기도 했다. 설악산이나 오대산도 멀지 않아 한번 같이 가 보려고 별렀는데 승우가 릴낚시에 재미가 들려 그 기회는 놓치고 말았다.

아름다운 산과 아름다운 바다 사이에 자리잡은, 아늑하고 조용한 마을에서 주철 선배 부부는 살고 있었다.

미주는 아기를 낳을 때까지 이곳에서 살았으면 싶었다. 맑은 공기와 조용함이 더없이 좋았다. 정란에게 핸드폰으로 그렇게 얘기를 했더니 정란은 한마디로 잘라 말했다.

"너! 정말 미쳤니? 넌 아직 극심한 고통을 안 당해 봐서 그래! 안 돼!"

"여기 있으면 왠지 저절로 나을 것 같아서 그래. 맑은 바다와 공기, 산나물과 싱싱한 어류도 흔하고, 햇빛 풍성하고 조용하고, 게다가 네가 우물 맛을 안 봐서 그래. 완전 약수 저리 가라야! 독채도 있고 말이야. 환상적이지 않니?"

"주철 선배하고 경희 선배한테 얘기는 해 봤니?"

"아니. 떠날 때 은근슬쩍 물어 보려구! 보나마나 있으라고 할 거야. 좋다고 하니까 아예 눌러앉으라고 하던데 뭐."

"그럴 거다, 그 선배들이면."

"어떻게 방법이 없겠니?"

"……혼자는 절대 안 돼. 승우 씨가 네 옆에 붙어 있다면 모르겠지만."

"승우 씨도 그러자고 하면 그렇게 할걸. 사실 나 서울에 돌아가려고 생각하니까 벌써부터 답답해 미치겠어. 공해 때문에 숨쉬기 어렵지, 물 나쁘지, 사람들한테도 치이지. 그리고 뭐 내가 지금 영화 일을 하는 것도 아니잖아. 접고 손 털었다는 거 내가 말했지?"

"방법이 아주 없는 건 아냐. 그쪽으로 현대 아산재단이 만든 시설 좋은 병원이 하나 세워졌거든. 거기서 차로 30분 정도 걸리니까 거리도 괜찮고. 내 동기 하나가 그 병원 내과 과장으로 가 있어. 어쨌든 일단 서울로 돌아와 상의해 보자. 돌아와서 충분히 준비를 한 뒤 내려가도 내려가. 알겠니? 너, 내가 준 약 가지고 있지? 몸에 꼭 지니고 다니라던."

정란은 몸에 통증이 올 때 먹으라고 미주에게 조그만 병에 진통제를 담아 주었었다. 보라색 알약인 MS콘틴. 정란은 이제 미주에 대해서는 거의 포기한 상태였다. 다만 미주가 바라는 대로 무사히 아기를 낳으려면 산모에게 극심한 고통은 금물이었다. 그러다가 아기가 유산되거나 잘못될 수도 있었다.

다행히 깡체질인 미주는 자궁이 튼튼한 편이었고 아기집도 건강했다. 정란이 우려하는 건 암에 의한 고통이 언제부터 시작되느냐, 하는 거였다. 그 점이 정작 미주 본인과는 달리 정란에게는 하루하루 살얼음판을 걷는 기분이었다. 그런데 이 속없는 친구는 그런 기미는 눈곱만큼도 없었다며 까르륵 웃어대는 게 아닌가. 미주의 목소리는 확실히 밝고 건강해진 것 같았다.

사흘째 되던 마지막 날 밤, 미주는 그득한 생선 횟감으로 가져가던 나무젓가락을 멈추었다. 그녀는 경희 선배가 입고 있는 보라색 개량 한복을 예쁘다는 듯 처다보았다.

"경희 선배! 그런 개량 한복도 만들어 줘?"

"그럼. 재봉질이 얼마나 재밌다고. 벌써 몇 벌 만들어 줬다 애. 자연 염료로 물까지 들여서."

"그럼, 우리도 만들어 줘. 내 거랑 승우 씨 거랑! 승우 씨도 개량 한복 괜찮지? 입으면 잘 어울릴 거야."

"좋지. 굿 아이디어야!"

"미주 너…… 나 돈 받는다. 설마 공짜로 해 달라는 거 아니겠지? 품이 많이 든다고. 나, 많이 받을 거야."

"어이구, 그러셔. 역시 장사하는 사람이라 다르긴 다르네."

"어떻게 만들어 줄까? 내가 입은 것처럼? 색깔은 뭘로 하고?"

"그냥 선배 입은 것처럼 편하게. 물론 선의 맵시는 살아나야겠지? 색은……."

미주는 승우를 흘끗 돌아보곤 말을 이었다.

"승우 씨 건 쪽빛으로 해 주고 나는 엷은 황토색으로 해 줘."

"바뀐 거 아냐? 쪽빛은 오히려 여자한테 더 잘 어울리는데?"

"아냐, 요즘 커플 룩이 유행하잖아. 아예 한 색으로 통일하면 어떨까, 미주 씨?"

"참 내, 모두들 나의 깊은 심중을 잘 모르시는구먼들."

"응?"

"자고로 남자는 하늘이고 여자는 땅이라! 지아비인 남편은 하늘빛 옷을 걸치시고 아내는 땅빛의 옷을 입으라! 즉 천지의 음양을 맞추어 입겠다는 뜻이지."

미주의 말에 사람들은 와르르 웃어댔다.

"야아, 미주 너 많이 변했다. 학교 다닐 때는 선머슴에다가 왈패 저리 가라였는데!"

"맞아. 너 페미니스트에 여권 신장의 기수 아니었어?"

"선배님들! 아녀자가 지아비의 사랑을 듬뿍 받으면 이렇게 변하나이다. 그리 타박 마소서!"

미주는 사람을 웃기려고 작정했는지 승우를 향해 머리까지 조아렸다. 하지만 그렇게 하는 데에는 미주의 숨은 마음이 있었다. 만약…… 내가 머잖아 죽으면 땅이 되어 하늘을 향해 눕겠지. 그러면 하늘만 보일 것이다. 막막한 하늘……. 승우가 하늘빛의 옷을 입는다면 하늘 전체가 승우로 보일지도 모른다. 미주는 누워서도 승우가 보이길 바랐다. 하늘 전체가 그의 얼굴과 모습으로.

속 모르는 한바탕의 킬킬거림 뒤에 몇 순배의 술이 미주를 제외하고 돌았다. '마누라를 어떻게 휘어잡았느냐?' '정말 미주가 저렇게 변할 줄 몰랐다' '잠자리에서의 능력이 대단한가 보네' 하는 걸쭉한 농담까지 좌중에 웃음꽃을 피우며 돌았다. 주철 선배와 경희 선배는 다음날 헤어지는 게 정말 아쉽다면서 서운함을 표시했다.

  미주는 사이 좋게 소주잔을 채우는 선배 부부의 모습을 쳐다보았다.

  "주철 선배, 경희 선배!"

  "응? 왜? 야아…… 너 그런 눈으로 보지 마라. 술 좋아하는 너한테 술 못 권하는 이 심정, 술 못 먹이는 이 애틋한 마음을 헤아린다면 그런 안타까운 눈으로 바라보지 마라."

  "이이가 또 오버하네. 미주야, 뭔데?"

  "응. 나 말이지…… 애 낳을 때까지 여기 와 있으면 안 될까? 저기 기숙사 엄청 편하더라고! 방도 널찍하고. 시설도 좋고. 물맛이 기막힌 우물도 있고."

  "잉? 그럼 나는 어떻게 하고?"

  "그래, 우리야 대찬성이고 쌍수를 들어 춤이라고 추고 싶지만, 승우 쟨 어떡하냐? 가엾어서?"

  "승우 씬 일주일에 한 번씩 내려오면 되지 뭐. 안 그래?"

  "미주 씨, 그건 좀 그렇다. 나 미주 씨 없으면 잠 못 자. 그리고 난 미주 씨 배가 부풀어오르는 것을 매일매일 봐야 한다고. 안 그렇습니까? 주철 선배! 그죠? 경희 선배?"

"그래. 승우 얼굴을 봐, 벌써 사색이잖아. 껄껄껄, 너 미주한테 잘 못해 준 거 있나? 깽판 지긴 거 있냐고. 임산부가 혼자 있겠다고 하면 무슨 곡절이 있는 거야. 고해하고 용서받아라!"

"아이 참 내, 하도 어이가 없으니까 말도 잘 안 나오네. 내가 미주 씨한테 깽판이라구요? 그건 나한테는 자살 행위예요. 정말 이 평화로운 밤에 끔찍한 말 나오게 만드시네."

"그럼, 네 마누라가 왜 너랑 떨어져 있으려고 하느냐고?"

"그걸 내가 어떻게 알아요? 선배님이 직접 물어 보세요."

"미주야! 털어놔 봐. 쟤가 널 구박했냐? 그랬다면 내가 번쩍 들고 가서 바닷물에 처넣어 버릴 테니까."

"내가 보기엔 승우 씨가 미주한테 굉장히 잘하던데 뭐. 내가 아침에 본 좀 받으라고 해서 당신 지금 승우 씨한테 괜한 화풀이하는 거 아냐?"

"……내가 저런 새파란 후배 때문에 바가지 긁힐 나이냐? 너무나 보기 싫은 승우!"

익살스런 과장된 몸짓이었다.

"어머머, 이이 좀 봐. 질투의 불꽃까지 내보이네."

미주와 승우는 실실실 웃고 있었다. 경희 선배가 가까이에 앉은 승우의 팔에 다정스럽게 팔짱을 꼈다. 그걸 본 주철 선배의 눈꼬리가 확 올라갔다.

"너…… 선배인 미주를 자빠뜨렸다고 자만해서 그 윗선배인

내 마누라도 어쩔 수 있다고는 생각하지 마. 태민이 엄마는 눈이 높아. 절대로 연하는 안 좋아해. 그치, 여보?"

"요즘 연하 싫어하는 여자 있으면 나와 보라고 해!"

"뭐…… 뭐야?"

주철 선배가 가슴에 칼을 맞은 듯 '겨…… 경희! 너…… 너마저!' 하며 뒤로 벌렁 나자빠지자 폭소탄이 터졌다. 만나기 힘든 따스한 사람들이었다. 주철 선배와 경희 선배는 미주에게 '언제든 필요하면 연락하고 내려오라'고 말했다. 경희 선배는 승우에게 장기 휴가를 내고 함께 내려오라고까지 했다.

"앗? 그런 방법도 있었네요. 그거…… 한번 심각하게 고려해 봐야겠는데요?"

승우는 그렇게 말하며 고개를 주억거렸다. 여기에 내려와 있는 며칠 동안 미주의 표정이 눈에 띄게 밝아졌고 기분이 좋아 보였기 때문이었다.

경희 선배는 내년에 태민이가 초등학교에 입학하는데, 그전에 일본 신주쿠에 사는 오빠네 집에 몇 달 가 있게 될지도 모른다고 말했다. 만약 그렇게 되면 열쇠를 저쪽 상수리나무 섬돌 밑에 놓아둘 테니 마음놓고 와서 관사며 도예실을 쓰라고 했다. 언제 가느냐고 물었더니 모른다고 했다. 자신들도 그쪽에서 연락이 오고 비행기 가족 티켓을 보내 줘야 가지 그렇지 않으면 꿈도 못 꾼다고. 어느 것 하나 결정 난 일이 아니어서 그 얘기는 그쯤 해서 마쳤다.

평퍼짐하게 완전히 수더분한 아낙으로 변한 경희 선배는 미주를 돌아보며 말했다.

"근데, 미주 너 너무 못 먹는 것 같더라. 애기를 가지면 몸매 신경 쓰지 말고 당기는 것부터 일단 부지런히 먹어야 돼. 입덧 아냐?"

"그래, 조금씩밖에 못 먹는 것 같던데. 여기 오징어회하고 아나고 좀 더 먹어."

"선배, 나 많이 먹었어."

"근데 4개월이라면 입덧은 지난 거 아냐?"

"그건 태민이 아빠가 몰라서 하는 소리야. 애 낳으러 분만실로 들어가서까지 입덧하는 여자도 있어. 천차만별이라고."

"그래? 야, 승우야! 너나 많이 먹어라. 입덧 까다로운 아내 건사하려면 남편인 네가 일단 무조건 먹어 둬야 해."

술기가 거나하게 오른 승우는 고개를 주억거리며 히죽히죽 웃었다. 주철 선배가 승우 잔에 술을 넘치게 따랐다.

"너 왜 그렇게 혼자 히죽거리니? 아빠 된다니까 그렇게 좋으냐?"

"네. 사실 저 여기 내려온 며칠간 꿈꾸고 있는 것 같아요. 가만히 있다가도 막 웃음이 나오고요. 미주 씨 얼굴보다도 자꾸 배를 보게 돼요. 얼마나 더 불렀나 하고요."

"그래? 춤이라도 한번 추지 그러나?"

"출까요?"

"추려면 아예 미주까지 업고 춰라!"

"어이구, 그건 곤란합니다. 제가 좀 취했는데 업고 추다가 넘어지면 어떻게 합니까? 미주 씬 보물입니다. 조금도 흠이 가선 안 돼요."

"하하하, 딴은 그렇다. 태민이 엄마, 승우 춤사위 놀기 좋게 육자배기 한번 걸게 불러 봐. 전문이잖아."

"승우 씨 팝송 프로듀서라면서 덩실덩실 어깨춤과 발 놀음을 할 수 있을런가 모르겠네."

하지만 경희 선배가 노래를 부르기도 전에 승우는 제자리에서 벌떡 일어나 춤을 추기 시작했다. 그 춤에 맞게 경희 선배는 젓가락으로 냄비며 회 접시를 두드리면서 능수버들 꺾듯이 유장한 타령을 불러대기 시작했다.

달빛처럼 환한 미소를 머금고 남편 승우의 춤을 박수 치며 즐기던 미주가 갑자기 '윽!' 하고 단말마 비명을 지르며 배를 싸안았다. 복통이었다. 아니, 장기 어느 한 부분을 찌르고 잘라 내는 듯한 통렬한 통증이었다.

"미, 미주야, 왜 그래?"

"체한 거 아냐? 빨리 병원에 데려가야 하는 거 아냐?"

"괜…… 괜찮아요. 승우 씨…… 무…… 물 좀 갖다 줘."

미주는 핏기가 가신 얼굴로 식은땀을 흘리며 주머니 속에 넣어 두었던 약병을 꺼냈다. 그리고 두 알을 입에 털어 넣고 물을 마시자, 이게 웬일이야? 임산부는 함부로 약을 먹어선 안 되는데, 하는 표정을 주철 선배 부부는 짓고 있었다.

MS콘틴의 위력은 빨랐다. 배를 싸쥐고 웅크린 지 1분이 채 안 되어 단말마적으로 들이친 통증이 가시는 느낌이었다. 미주의 등은 식은땀으로 젖어 있었다.

전쟁이 시작되었군. 놈이 선전 포고를 해 왔어.

이쯤 해서 쉬는 게 좋겠다고 판단한 승우는 미주를 기숙사로 데리고 들어갔다. 미주의 얼굴은 눈에 띄게 창백하고 핼쑥했다. 까닭 모를 불안감이 승우에게 엄습했다. 미주는 괜찮아졌다고 하면서 벽에 잠시 기대앉았다.

"체했나 봐."

"그러면 급첸가? 어떻게 약을 주머니에 갖고 있었어? 누가 처방한 약이야? 먹어도 아기한테는 괜찮은 거야?"

"응. 내가 요즘 속이 안 좋고 꽉 막혀서 척추 중간이 아플 때가 있다고 하니까 정란이가 조제해 준 거야. 먹어도 괜찮대."

"……그래? 일단 편하게 눕는 게 좋겠다."

승우는 걱정스런 눈빛으로 일어나 등이 배기지 않게 자리를 깔고 배를 덮을 수 있는 가벼운 이불을 꺼냈다. 미주가 베개를 베고 눕자 승우가 그녀의 팔다리를 주물렀다.

"정말 괜찮아? 얼굴빛이 안 좋은데? 답답증 같은 건 없어? 속이 아프다거나? 그러면 병원에 가자. 근처에 현대병원이 있다고 했잖아. 웬만하면 가자. 자다가 내 가슴 덜컥 내려앉게 하지 말고."

"괜찮대도 그러네. 눈 아퍼. 어서 불 꺼! 그리고 나 좀 안아 줘."

승우는 불을 끄고 미주 옆에 누워 그녀를 살포시 안았다.

무서웠다. 머릿속 필라멘트가 나가는 동시에 뱃속으로 날카로운 이빨이 콱 박히는 기분. 그 통증이 물 주름을 일으켜 온몸으로 퍼지며 납작하게 전신을 압박해 왔다. 미주는 가벼운 오한을 느끼듯 몸을 떨었다.

……이제 시작되었어.

미주는 승우의 등을 힘껏 싸안았다. 그는 잠을 재우려는지 자신의 뺨을 미주의 가슴에 가볍게 대고는 한쪽 손으로 미주의 어깨며 머리칼을 쉼 없이 토닥이고 쓸어 내렸다. 어둠이 편안하게 내려앉았다.

미주는 소리 없는 눈물을 흘렸다. 아기는 얼마나 놀랐을까.

아가야, 엄마도 잘 싸워 나갈 테니까 너도 겁먹지 말아야 해. 이 엄마를 믿어. 엄마는 어떤 일이 있어도 너를 보호할 거란다.

미주는 한쪽 손으로 살짝 아랫배를 덮으며 쓸었다.

"당신 또 배 아파?"

"아니, 혹시라도 우리 아기가 놀랐을까 싶어서."

"……그렇구나. 내가 다독거려 줄게. 너는 편안하게 자."

승우는 양반다리를 하고 앉아 미주의 아랫배를 둥글게 원을 그리며 아주 부드럽게 쓸었다. 그리고 마치 자장가를 부르듯 나지막하고 느리게 속삭였다.

"아가야. 놀랐니? 아무 일도 아냐. 엄마가 좀 체했대. 네가 먼저 편안하게 자야지 엄마도 자거든. 예쁜 꿈꾸며 자렴. 아빠가 널 지켜보고 있을게. 엄마도 빨리 주무세요, 해야지. 정말 난 네가 엄마 속에 들어와 줘서 얼마나 기쁜지 몰라. 정말 신기하거든. 네가 벌써 있을 것은 다 있게 자라 있다니. 정말 너 씩씩하고 용감하기도 하다. 혼자서 그 일을 해냈으니까 말이야. 네 엄마도 너무나 대견하고 말이야. 미주야…… 자니? 빨리 자. 네가 자야지 아기도 따라 자지. 둘이서 꿈나라에서 만나. 사실 난 그곳까지 갈 수 없는 게 심술나긴 하지만, 미주랑 우리 아기랑 한 몸 속에서 같은 꿈을 꾼다고 생각하면 너무 흐뭇해. 정말 너무너무 기다려진다. 기다리는 내내 행복한 건 바로 우리 아기를 만나고 싶은 설렘 때문일 거야. 난 네 엄마에게 무지무지 감사해. 아기, 우리 아기, 너한테도 너무너무 고맙고. 어쨌든 일찍 자고 일찍 일어나야 새 나라의 씩씩한 아기로 자랄 수 있는 거야. 봐라, 엄마는 벌써 잠들었네. 엄마 숨소리에 맞춰 쎄근쎄근 우리 아기도 잠들었네……."

1998년 9월 28일

상운 폐교에서 휴가를 보내고 서울로 돌아온 지 2주일이 넘었다. 승우는 차츰 심각성을 깨닫기 시작했다. 미주는 몇 숟가락 먹은 것마저 토해 내기 시작했고, 정란이가 처방했다는 알약을 먹는 것도 두 번이나 목격했다.

체중도 눈에 띄게 주는 느낌이었다. 승우가 아무리 먹을 것을 사 대고 입에 넣어 줘도 미주는 먹지 못했다. 승우는 입덧이 유달리 심하고 오래가는 특이한 체질일 거라고 여겼다. 잘 먹지 못하니까 자꾸 체중이 주는 건 당연하다고.

승우는 몇 번이나 병원에 가 보라고 권했다. 데려간다고 나서기까지 했다. 화를 내기도 했다. 그런데 미주는 막무가내로 싫다는 것이었다. 입원하자는 게 아니고 힘이나 좀 차리게 영양 주사나 링거 한 병만 맞고 오자고 해도 미주는 무조건 괜찮다고 했다.

배가 조금씩 불러오면서 아이처럼 이상한, 승우가 이해하기 힘든 고집 같은 게 미주에겐 생겨나고 있었다. 서울 공기가 나쁘다고, 물맛도 비리고 건물과 사람들에게 갇힌 듯해서 서울이 싫다고, 미주는 자꾸만 주철 선배가 있는 곳으로 같이 내려가자고 했다. 그곳 환경이 산모의 정서에 좋고 선배 부부가 잘해 주긴 하지만 그래도 남의 집 아닌가.

직장은 어떻게 하고? 승우 씨, 휴가 내면 안 돼? 아내 임신 휴가 낼 수도 있잖아. 아니, 아예 1년쯤 병가를 내면 안 되는 거야? 하며 어떤 때는 버럭 화를 내며 소리를 지르기도 했다.

미주는 정란 외에는 누구에게도 도움을 청하지 않았다. 미주는 거의 혼자서 병마와 싸우고 있었던 것이다. 배는 눈에 띄게 불러왔다. 배에 손을 올려 놓았을 때, 어렴풋하게 느껴지던 태아의 움직임도 이제는 완연히 느낄 수 있었다.

그 즈음 승우는 매우 바빴다. 그가 맡고 있는 〈한밤의 팝세계〉가 20주년을 맞아서 청취자들로부터 들어온 엽서와 팝송 전문가들, 음악 기자들, 국내 팝 아티스트들, 록 가수들까지 참가하는

'팝 베스트 100선' 코너를 마련했으며, 1부에는 가수들이 나와 라이브로 연주와 노래를 했던 것이다. 국내에 내한한 팝 가수 초대도 줄을 이었고 외국 유명 팝 가수와의 전화 인터뷰도 준비해야 했다.

그러는 사이 9월이 거의 지나가 버렸다.

어느새 가을이었다. 나뭇잎들이 노란빛으로 창백해지거나 각혈하듯이 붉게 단풍으로 변하는……. 핼쑥한 얼굴로 아파트 베란다 창문가 흔들의자에 앉아 있는 미주의 눈에 비치는 것은 온통 비장하거나 절박하거나 두려운 것뿐이었다. 신경도 날카로웠다.

집 안에 혼자 있을 때 미주가 믿는 것은 남편도 자신도 아닌 뱃속에서 움직이는 태아뿐이었다.

흐르는 강물

"현주 씨, 미진 씨! 오늘도 왔어?"

"네, 여기 있습니다!"

승우는 방송 스튜디오 옆 회의실로 들어가 팩스를 받아 들고는
담배를 물고 선 채로 읽었다. 작가는 오늘 진행자가 읽을 대사를
바쁘게 체크하고 있었고, 대학생 아르바이트생인 현주와 미진은
전국에서 온 엽서며 편지, 팩스에서 방송으로 내보낼 알맞은 사
연들을 뽑아 내느라 바빴다.

요즈음 〈한밤의 팝세계〉 스태프 사이에서는 3주째 하루도 빠지

지 않고 날아오는 한 팩스 사연이 단연 화제였다. 암 선고를 받고도 사랑하는 남자에게 말을 하지 못하고 그 마음을 무명으로 써 보내는 한 여자의 편지였다. 너무나 절절해서 읽는 이의 눈시울을 뜨겁게 만들었다. 그녀의 사연과 신청곡은 이미 여러 번 방송을 탔다. 약간 경박한 데가 있는 진행자조차 그 편지를 읽으면서는 목이 메었다. 그녀가 누군지 알 수 없겠느냐며, 마음으로나마 친구가 되어 돕겠다고 전화를 하는 사람들도 여럿 있었다. 진행자는 제발 이름과 전화 번호를 명기해 달라는 주문을 여러 번 전파에 실어 내보냈지만, 그녀는 끝끝내 이름을 밝히지 않고 있었다.

어젯밤, 나는 홀로 일어나 당신의 잠든 모습을 새벽이 올 때까지 지켜보았습니다. 천천히, 그리고 아주 조심스럽게 손을 뻗어 당신의 머리카락을 만지고 우수가 서린 당신의 이마와 짙은 눈썹, 속눈썹, 뺨과 귀, 코와 섬세한 입술, 당신의 턱과 매끄러운 목을 만졌습니다.

나는 당신을 만질 수 있다는 것에 행복해서 울다가 웃고 웃다가 울었습니다. 너무나 사랑하는 당신을 내가 오랫동안 힘들게 했다는 아픔과 후회도 함께 만졌습니다. 어떻게 하면 내가 세상을 떠나더라도 당신의 이 모습을 잊지 않고 가져 갈 수 있을까. 당신의 고요하고 평화로운 숨결과 가슴의 움직임, 뒤척거림까지 가져 갈 수 있을까, 밤새워 그것만을 생각했습니다.

손바닥에 묻혀 가면 안 될까. 입술 속에 담아 가면 안 될까. 죽으면 제일 오래 남는다는 머리카락 속에 담아 가면 안 될까. 뼛속 마디마디에 담아 가는 방법은 없을까…….

나는 당신의 머리카락에서부터 발끝까지 조심스레 천 번의 입술을 맞추었습니다. 내가 떠나더라도 당신의 온몸은 내 입술의 꽃으로 무성하길 바라며. 내 손가락이 닿았던 곳이 언제나 당신을 지켜주길 바라며. 평화롭기를 바라며. 나는 당신을 찬찬히 들여다보고 머리카락을 슬쩍 빗어 주거나 콧날에 손을 댔다가 재빨리 떼고 입술을 살짝 눌러 주기도 합니다.

재미있기도 하고 떨리기도 하고, 나는 마냥 즐겁고 슬픕니다.

당신을 어떻게 떠나야 하는지 난 모르겠습니다. 도대체 이런 마음을 가지고 당신을 어떻게 떠날 수 있는 건지. 그것이 가능하기나 한지. 하지만 나는 당신에게 남겨 드릴 아름답고 귀한 선물을 조금씩 물을 주며 키우고 있습니다. 당신은 나의 선물을 기뻐할 것입니다.

나는 당신의 발에 눈물을 떨구었습니다. 나를 찾아 그토록 헤맸던 발이기에. 나는 당신의 손에 또다시 입술을 맞추었습니다. 나를 안아 주고 업어 주었던 손이기에. 당신의 가슴과 입술, 눈, 팔, 다리, 어디 한 군데 감사하지 않은 곳이 없습니다.

당신이 아니었다면 나는 지금 절망과 공포에 떨며 고작 신음을 흘릴 뿐이겠지만, 나는 당신으로 인해 더없이 아름다운 이별을 매일매일 꿈꿉니다. 당신이 목숨을 주듯 나를 사랑했기에 내 마음이 자유롭습니다. 모래시계처럼 삶의 시간이 내게서 빠져 나가는 소리가 들리는 것 같은 지금도 나는 당신이 내 옆에서 잠들어 있다는 것만으로 미소 지을 수 있습니다.

창문이 부옇게 밝아 옵니다. 새벽이 오는 것은 그리 달갑지 않습니다. 당신이 일어나 내 입술과 손길과 눈빛이 닿지 않는 곳으로 가 버리는 밝음은 내게는 오히려 어둠입니다.

오늘은 이만 접어야겠습니다. 당신이 모로 돌아 눕는 건 깨어날 시간이 그리 멀지 않았다는 것을 뜻하기 때문입니다. 나는 내게 남아 있는 시간 전부가 당신이 깊은 잠에서 깨어나지 않는 길고 긴 밤이기를 바랍니다. 아, 제가 너무 욕심이 많은 걸까요?

신청곡은 저니의 〈Open Arms〉.

승우는 방금 읽은 팩스를 여자 작가에게 흔들었다.

"읽어 봤어요?"

"네."

"어때요?"

"뭐 같은 여자로서…… 늘 가슴이 저리죠! 오늘 방송으로 내보내실 건가요?"

"그것보다도……."

승우는 고개를 돌려 젊은 스태프 두 명에게 팩스 용지를 흔들었다.

"어떻게 발신자 신원을 아는 방법을 생각해 봤나?"

"전화국에 공문을 내는 수밖에 없죠 뭐. 팩스는 전화 라인으로 보내니까요. 일종의 발신자 추적 장치와 똑같대요."

"근데 굳이 자신을 알리지 않으려는 사람을 찾을 필요가 있을까요?"

"나도 그게 맘에 걸려. 하지만 방송으로 공개하진 않더라도 한 번 꼭 만나 보고 싶군. 그냥 이렇게는 너무나 속절없이 안타까워서 말이야."

"공문을 보내려면 국장님 결재가 필요한데요?"

"흐으음…… 알았어. 조금 더 기다려 보자고! 참, 오늘 출연자 세 사람 다 섭외된 거지?"

"네. 방송 시작 30분 전에 도착하겠다고 했습니다."

"좋아. 장비 점검해 보고. CD도 순서대로 미리 뽑아 놓고. 지난 번처럼 엉뚱한 곡 나가게 하지 말고. 다시 대본과 맞춰 봐."

"알았습니다."

"김 PD님! 이 익명의 사연은 어떻게 처리할까요?"

"전문은 내보내지 말고, 신청곡만 틀어 주는 식으로 연결시켜. 그리고 사연 감사하게 읽었고 힘 내시라는 멘트도 넣고."

"그러죠."

복도에서 작가와 함께 커피를 뽑아 마시고 있는데 승우의 핸드폰이 울렸다.

"여보세요?"

"나, 정란이야."

"어! 정란 선배 이 시간에 웬일이에요?"

"몇 시에 마치니?"

"아무리 빨라도 새벽 1시죠. 왜요?"

"너랑 술 한잔 마시고 싶어서. 시간 좀 잠깐 내줄래? 내가 그 시간쯤 방송국 앞으로 갈게."

"……그러죠 뭐. 근데 무슨 일 있으세요?"

"일은 뭐…… 독신녀 초가을에 바람 잡아 보는 거지 뭐. 미주한 테는 얘기하지 말고."

"네?"

"미주가 알면 안 좋아할 것 같아서 그래. 걔 성격이 남자같이 털털해도 예민한 데가 있잖아. 여자란 다 그래."

"알았습니다. 좀 있다가 뵙죠."

정란은 차를 두고 택시를 타고 방송국 앞에 내렸다. 그녀는 손목시계를 들여다보며 착잡한 표정으로 정문 앞에서 서성거렸다. 한밤중이었지만 방송국 주변은 촬영과 관계된 사람들로 떠들썩했고 분주했다.

"정란 선배! 오래 기다렸어요?"

"아니. 여의도에는 포장마차가 많다고 들었는데? 난 여기 처음이라서 잘 모르거든."

"많지요. 근데 선배 술 잘 못하잖아요."

"나, 요즘 술 많이 늘었어. 승우 씨랑 웬만큼 대작할 정도는 될 걸?"

"그래요? 그럼, 제가 근사한 데로 모시죠."

"아니, 실내 말고 포장마차 가자. 내가 답답증을 느껴서 그래."

길모퉁이를 두 번 꺾자 포장마차 세 개가 보였다. 걷는 동안 정란은 내내 말없이 침울하게 인도 블록을 향해 고개를 꺾고 걸었다. 두 사람은 포장마차 안으로 들어가 자리를 잡고 앉았다. 정란이 맥주보다 소주가 좋겠다고 해서 승우는 어리둥절한 얼굴로 안주를 이것저것 시켰다. 맥주 마시는 것은 여러 번 봤어도 정란이 소주를 마시는 건 처음이어서 우선 안주를 많이 권했다.

그러나 정란은 승우가 따라주는 잔을 거푸 비워 냈다.

"천천히 드세요."

"괜찮아. 승우 씨! 나, 괴로워서 그래. 정말⋯⋯."

"왜요?"

정란은 잠시 무표정한 얼굴로 승우를 지그시 바라보았다. 정란을 많이 대했어도 오늘처럼 난처한 경우는 처음이었다. 그녀는 언제나 감정과 매너가 단정하고 깔끔했기 때문이었다.

"선배님 문제예요? 심각해요?"

"그래. 내 문제이기도 해. 하지만⋯⋯ 네 문제야. ⋯⋯미주 문제이기도 하고."

그 말에 승우는 얼어붙었다. 오늘 통화를 못했는데, 아기가 혹시 유산된 게 아닌가 싶었던 것이다. 미주는 요즘 계속 컨디션이 좋지 않은 편이었다. 승우가 그렇게 묻자 정란은 고개를 가로 저었다. 승우는 일단 하나는 안심이 되는 표정이었다.

"승우 씨⋯⋯ 모르는구나, 아직. 그치?"

"대체 무슨 말이에요? 뭐가요? 정확히 얘기해 봐요!"

그러나 맘이 여린 편인 정란은 말을 꺼내기가 부담스럽고 곤혹

스러운지 소주잔을 다시 비워 냈다. 술에 의지하는 것은 분명 정
란 선배다운 행동은 아니었다. 직감적으로 뭔가 큰일이 터졌다는
느낌이 들자 다리부터 후들거리기 시작했다.

"미…… 미주 일이죠? 그렇죠?"

"그래…… 지금껏 너무 미뤄 왔어. 이제 모든 걸 얘기할게. 미
주에게 좋지 않은 일이 있었어."

"어…… 어떤?"

"걔…… 걔…… 아…… 암이야. 위암."

"……"

처음에 승우는 눈을 휘둥그렇게 뜨고 잠시 말을 못 알아들은
표정이 되었다. 하지만 정란의 표정을 다시 보고는 현실감이 돌
아왔는지 삽시간에 경악하는 눈빛으로 얼어붙었다.

"미안하다. 승우 씨에게 이런 말을 하게 돼서. 또 너무 늦게 얘
기하게 돼서…… 정말 미안하다. 어쩌면 좋니! 나로서도 아무
방법이 없었어. 어떻게, 어떻게 해 볼 도리가 없었어."

"암……이라고요? 어느 정돈데요?"

"늦었어. 이젠 손쓸 방법이 없어."

승우의 머릿속에서 뇌성번개가 쾅쾅 치고 있었다. 앞이 기우뚱
해지더니 부옇게 변해 하나도 보이지 않았다. 갑자기 안개가 자
신을 삼켜 버린 것 같았다.

……잠시 후 승우는 비틀거리며 포장마차에서 혼자 걸어 나왔
다. 앞이 보이지 않았다. 무단 횡단을 하는 바람에 몇 대의 차가

급정거를 하고 운전사들이 차창을 열고 욕을 해댔다. 정란이 뒤쫓으며 불렀지만 그는 허깨비처럼 그저 앞만 보며 허위허위 걸어갔다.

강변으로 내려가는 경사진 시멘트 블록에서 승우는 발을 접질려 몇 바퀴 굴러 떨어졌다. 그는 천천히 일어나 강을 향해 걸어갔다. 시민공원 중앙에서 그는 잠시 비틀거리다가 멈춰 섰다. 그의 마음은 뿌리가 뽑히기 직전의 나무처럼 사납게 흔들렸다.

나빠…… 미주, 너…… 나쁜 여자야. 난 너를, 너를…… 결코 용서할 수가 없어. 어떻게, 어떻게 나한테…… 이럴 수 있니? ……지금껏 단 한마디도 내게, 내겐 말 안 하고! ……저 혼자 다 결정해 버리고…… 날 허수아비, 바보처럼 만들어 버리고. 어떻게 너 그렇게…… 잔인할 수 있니? 독할 수 있냐고!

승우는 폭포처럼 울부짖고 싶었다. 폭풍의 언덕에 선 삼나무처럼 울고 싶었다. 하지만 그는 망연자실 흔들거리며 가물거리는 눈빛으로 흐르는 밤 강물을 언제까지나 굽어 보고 서 있을 뿐이었다. 그러나 기실 그는 아무것도 보고 있지 않았다. 그가 보는 것은 참담한 절망뿐이었다.

소리 없는 눈물이 흘렀다. 지금껏 감춰 온 미주에 대한 원망과 야속함, 이 지경이 되도록 눈치를 채지 못한 자신의 무신경함에 승우는 미친 듯이 비명을 질러대고 싶었다. 하지만 너무나 큰 슬픔이 그의 몸을 박제로 만들어 버린 듯했다. 그의 에너지 전부는 삽시간에 모두 강탈당하고 도망간 상태였다. 입술도 더 이상 달싹일 수 없이 탈진된 것 같았다.

　몸이 사시나무처럼 떨렸다. 몸 속 어딘가에서 끊임없이 무너져 내리는 소리가 들렸다. 승우는 강변에 누군가 박아 놓은 입상처럼 서 있다가 무릎을 꿇으며 무너져 내렸다.

새벽이 오는 것은 그리 달갑지 않습니다.
당신이 일어나 내 입술과 손길과 눈빛이 닿지 않는 곳으로
가 버리는 밝음은 내게는 오히려 어둠입니다.

에덴은 마법의 세계

눈을 크게 뜨고 주위를 둘러보고
벌떡 일어나 걷기도 해 보고
걷다가 하늘을 쳐다보기도 하지만
그렇지만 나는 외로움을 느껴요.
도처에 아름다운 꽃들이 만발하고
창공에는 태양이 금빛 찬란하고
대지는 생명으로 가득 차 있지만
내 마음속에는 고독이 자라고 있어요.
에덴은 신비의 세계, 에덴은 마법의 세계
에덴은 비밀의 세계, 에덴은 선경의 세계.
푸른 바다가 내 두 눈 속에 가득 차고
푸른 나무들이 내 곁에 무성하지만
아무도 그곳에 없는 것 같아요.
그러나 내 마음속에는 행복이 자라고 있어요.
에덴은 신비의 세계, 에덴은 마법의 세계
에덴은 비밀의 세계, 에덴은 선경의 세계.
—Eden Is A Magic World

미주가 익명으로 승우의 음악 프로에 자주 신청했던 올리비아 투생의 노래.

절망이 슬픔에 닿기까지

승우는 정란의 얘기부터 확인했다. 미주가 검사했다는 세 군데 종합 병원과 암 센터로 가서 미주를 검사했던 담당 의사들을 만났다. 그들의 반응은 두 가지였다.

'아직도 입원을 안 했단 말입니까?'

'발견 시기가 너무 늦었습니다.'

후자의 의사는 병원에 왔을 때 이미 전이가 빠른 속도로 진행되고 있는 상태였기 때문에, 입원해도 완치는 어렵고 다만 삶을 조금 더 연장시킬 수는 있었을 거라는 판단을 하고 있었다.

"어쩌면 부인의 선택이 현명할 수도 있습니다. 환자나 의사 모두 답이나 결과를 모르는 시험을 치르는 것과 같은 상황에서 자신을 버리고 태아를 선택한 것 말입니다. 위암 3기면 살 수 있는 시한이 6개월에서 5년까지의 예가 있습니다. 사람에 따라 진행 속도가 천차만별이라는 거죠. 암 처치의 경우 수명 연장에 도움이 될 거라고 저희는 믿지만 반드시라고는 확신할 수 없습니다. 결국 현대 의학이 암에 대해서는, 그러니까 진행된 암에 대해서는 여전히 무력하다는 거죠.

······네, 가능할 수도 있습니다. 부인께서 최소 1년을 산다고 가정할 때 아기는 태어날 수 있습니다. 몇 가지 외국의 임상 사례를 보면 암 말기의 환자가 건강한 아기를 낳았다는 보고도 있습니다. 하지만 제가 볼 때 부인의 경우는 가능성이 아예 없는 것은 아니지만 쉽지 않은 일입니다. 우선 부인이 의료를 거부하셨으니 혼자서 암과 싸우는 것과 같습니다. 그것도 아기를 가진 채로요. 환자의 영양 상태며 불안전한 심리 상태, 극심한 동통(疼痛), 죽음에 대한 공포 등 예상되는 어려운 점이 한두 가지가 아닙니다. 부인께서 아기를 낳겠다는 신념이 대단했습니다만.

······선생께서는 이런 점도 참작해 두셔야 합니다. 아기를 가진 엄마의 감정 상태는 태아에게 영향을 미칩니다. 임산부가 흥분하거나 분노에 차 있으면 스트레스로 감정의 변화를 일으키죠. 그러면 엄마의 혈액 내로 증가한 스트레스 호르몬인 아드레날린, 엔도르핀, 스테로이드가 태반을 통하여 태아에게 전해집니다. 태아도

똑같은 긴장감과 흥분 상태를 유발할 가능성이 크다는 거죠.

특히 아드레날린은 엄마의 자궁 근육을 수축시켜 태아에게 전해지는 혈류량을 떨어뜨립니다. 이 때문에 산소와 영양분을 충분하게 공급하지 못해 아기의 뇌 기능계에 치명적인 손상을 입힐 수도 있습니다. 또한 임산부가 심한 정신적인 충격이나 육체적인 충격을 받을 때 유산이 되는 경우가 많다는 것도 염두에 두셔야 합니다. 이런 표현을 쓰긴 좀 그렇지만 부인께서 아기를 낳으려면, 그것도 건강한 아기를 낳으려면 지뢰밭을 통과하는 것처럼 앞으로 매순간 조심하셔야 할 것입니다.

……네, 부인을 병원에 강제로 입원시킨다 해도 현재 저희가 할 수 있는 건 강한 항암제를 투여하는 화학 요법을 쓰는 도리밖에는 없습니다. 발견시 신속하게 그 장기를 들어내 버리는 외과 요법이 가장 확실하고 좋은 방법인데 지금은 그 시기를 놓쳤습니다. 그때도 전이가 의심되었거든요. 요약하자면 부분적인 국소 요법인 방사선과 외과 수술은 불가능하고 전신 요법인 화학 요법만 가능합니다.

……그렇죠, 네. 솔직히 좋은 결과를 기대하기 힘듭니다. 어느 정도 확신조차 드릴 수 없다는 게 실무자의 고충입니다. 더군다나 부인께서 아기를 버려야 하는 화학 요법을 받으실 리 만무하잖습니까. 몸 속을 독가스로 가득 채우는 화학 요법을 받으면서 태아도 함께 살릴 수 있는 방법은 없으니까요.

……네, 그렇습니다. 현재로선 방법이 없습니다. 최근 인간의

세포 지도인 게놈 지도가 완성되면 암이나 에이즈 정복이 시간 문제라고 하지만 실용화는 요원한 얘깁니다. 어쨌든 부인께서 아기를 택했다면 병원에서도 영양제 주사나 링거, 그리고 동통이 올 경우 그때그때 고통을 덜어 주는 게 고작일 겁니다. 닥터 허를 잘 아신댔죠? 그 문제는 그분과 상의해 보세요. 그 정도는 닥터 허가 충분히 조치해 드릴 수 있을 겁니다. 실력 있는 산부인과 전문의니까요."

의사는 회진을 돌기 전에 마지막으로 승우에게 이렇게 말했다.

"전 사실 부인을 대하고 놀랐습니다. 아무리 여자의 모성애가 강하다고 하지만 자신을 포기하면서까지 아기를 선택하는 여자는 그리 많지 않습니다. 부인은 말할 수 없는 번민과 심적 고통을 겪은 뒤에 결정하셨을 겁니다. 그 선택이 헛되지 않도록 선생께서 부인을 도와 주십시오. 이제 명확한 건 부인의 목숨을 살리는 일이 아니라 아기를 살리는 일입니다. 그게 부인의 한결같은 뜻이고 의지였으니까요. 이렇게 말씀드리면 외람된다 하시겠지만 전 그때 부인의 남편은 어떤 사람일까, 참으로 행복한 남자구나, 하는 생각을 했습니다. 남편을 절대적으로 사랑하는 마음이 없다면 그런 결정을 내린다는 것이 불가능했을 테니까요. 30대 중반의 젊은 나이라면 어떻게 해서든 자기 목숨부터 구하려 하지 않겠습니까.

제 생각에 부인의 그 애틋한 마음을 헛되지 않게 하는 건 선생의 뜻에 달렸다고 봅니다. 선생께서 어떻게 마음먹고 어떻게 부인와 함께하느냐에 따라 결과가 달라지리라고 생각됩니다. 의사란 신분을 떠나 같은 남자로서 저는 선생이 부인을 도와 그 힘든 싸움을 이겨내시길 바라고 있습니다. 반드시 부인이 자신의 품에 아기를 안을 수 있도록 말입니다. 저도 그렇게 되기를 간절히 바라겠습니다."

배려 깊은 의사의 설명과 격려는 승우가 상황을 빠르게 정리하는 데 도움을 주었다. 승우는 지금까지 모든 것을 혼자서 처리하고 자신에게는 단 한마디의 말도 없던 미주에게 못내 서운함과 야속함, 안타까움, 분노, 충격을 받았다. 극심한 혼란 속에 허탈감에 빠져 죽고 싶기까지 했던 승우는 이내 미주에 대한 사랑을 회복했다. 그리고 뒤는 돌아보지 말고 지금 현재, 어떻게 해야 하고 앞으로 어떻게 해야 하는가에 대해서만 생각했다.

그 무렵, 승우는 마음에 걸리는 게 있었다. 믿고 기댈 것이 없으니까 미신이 자꾸만 그의 마음에 밟히는 거였다. 영은이……. 그녀가 자신과 마지막 만났던 자리에서 했던 말! 남자에게 불행을 안겨 주는 저주의 주문을 자기가 외울 수 있다던 그 말! 미주가 세상을 떠나는 것보다 더 큰 불행과 저주가 어디 있겠는가. 하지만 그런 의심과 추측은 턱없는 생각이었다. 승우는 영은을 잘 알고 있었다. 영은의 성품으로 보건대 자신을 향해 그런 것을 외웠을 리 만무했다.

하지만, 필리핀으로 돌아가는 비행기에서 눈물을 흘리며 한 번이라도 외우지 않았을까? 아니야, 그럴 리가 없어.

영은에게 그런 면이 없다는 것을 승우는 확신하고 있었지만, 여자의 마음은 미묘하다는 생각이 머리에서 떠나지 않았다. 영은은 그 주술을 푸는 주문도 알고 있다고 하지 않았는가. 만약 영은이 한 번이라도 외웠다면 승우는 미주에게 그 해독 주문을 외워 주고 싶었다. 승우는 자신이 이 시점에서 할 수 있는 일이 고작 이런 어처구니없는 일뿐이라는 데 낭패감과 무력감에 휩싸었다. 그러나 그는 지푸라기라도 잡는 마음으로 며칠을 허둥대다가 결국 마음을 굳혔다.

승우는 영은의 치과 병원 전화 번호를 알아냈다. 하지만 국제 전화 번호를 누를 때까지도 내내 망설였다.

"헬로우?"

"여…… 영은이니?"

"오빠? 오빠! 승우 오빠구나? 어머나, 이게 웬일이야? 오빠가 나한테 전화를 할 줄은 꿈에도 몰랐어."

"전화받기 불편한 거 아니지?"

"무슨 말을 그렇게 해. 난 오빠 목소리를 듣는 것만으로도 너무 너무 좋아. 오빠, 잘살지? 언니가 영화 만드는 감독이란 소식 들었어. 대단해. 비디오로 구해 보기도 했는걸. 오빠만큼은 아니지만 나도 자리잡고 잘살고 있어……. 오빠, 근데 무슨 일 있어?"

"아니. 그저……."

"그리고 보니 그냥은 오빠가 내게 전화를 할 리가 없어. 무슨 일이야? 뭐든지 말해 봐……. 어서, 말해 봐!"

"너무나 우스꽝스런, 아이 같은 유치한 질문 같아서……."

"괜찮아, 해 봐. 내가 도울 수 있는 일이면 좋겠는걸. 뭐야? 속이 터질 것 같아. 얼른?"

"그래. 말할게. 호, 혹, 혹시 말이야. 너 그 주문 외우지 않았나 해서."

"주문?"

"남자에게 불행을 가져다 준다는 주술 말이야."

"마…… 맙소사! 오빠, 그걸 말이라고 해? 내가 어떻게 그럴 수 있겠어? 오빠한테…… 아냐! 그런 적 없어. 정말이야!"

"그렇겠지. 나도 그렇게 생각했어."

"무슨 일이야, 대체? 무슨 일 생겼어?"

"별일 아냐. 근데…… 예전에 그 주술을 푸는 주문도 알고 있댔잖아. 그거 가르쳐 줄 수 있니?"

"오빠가 그런 걸 믿다니 정말 이상하네."

"다른 얘긴 하지 말고. 몰라? 잊은 거야?"

"아니, 가르쳐 줄게. 옛날 티벳에서 수도를 닦고 온 필리핀 고승(高僧)이 퍼뜨렸다는 설이 있는데, 이래. '라흐마니 나도루 마타부부 가이타. 사자가니 바메, 바메바메 라흐마니!' 이걸 세 번 외우고 자신의 미간 사이에 점을 찍고 합장하면 돼. 물론 그 저주에 걸린 사람이 외워야지 효험이 있겠지."

"한 번만 하면 돼?"

"글쎄…… 그건 나도 모르겠어. 오빠, 정말 무슨 일 있어?"

"그래, 고맙다. 조만간 다시 연락할게. 잘 있어."

승우는 서둘러 전화를 끊었다. 그리고 종이에 적은 주문을 외워 보았다.

'라흐마니 나도루 마타부부 가이타. 사자가니 바메, 바메바메 라흐마니!'

승우는 아예 외워 버렸다. 그리고 그날 밤 예쁜 아기를 낳는 주문이라며 미주에게도 외우게 했다. 승우는 미주에게 예쁜 딸을 낳으려면 수시로 외워야 한다고 말했다. 미주는 재미있어 하는 표정이었다. 그래서 혼자서도 곧잘 그 주문을 외우는 모양이었다.

그렇게 해서라도 미주의 몸 속에서 암세포들이 연기처럼 사라져 버릴 수만 있다면 얼마나 좋겠는가. 그러나 승우가 보기엔 별로 나아지는 것 같지 않았다. 미주의 얼굴은 더 핼쑥해졌다. 미주는 최후까지 자신의 병을 숨기기로 작정한 모양인지 승우에겐 두려움이나 아픈 내색을 하지 않으려고 애썼다. 그게 화가 나기도 하고 그지없이 안쓰럽기도 했지만 승우도 내색하지 않았다.

승우는 방송국에 일신상의 이유로 사직서를 제출했다.

이유는? 그래, 흐음! 어떤 것인지 모르겠지만 난 김 PD가 이 일에 적성이 맞고 탁월한 재능이 있다는 것을 잘 아네. 사유는 묻지 않겠네. 1년 동안 자네 사표를 보류해 두고 있겠네. 정리가 되면 언제든 돌아오게나, 하고 국장은 말하면서 후임자를 물색할 때까지만 자리를 지켜달라고 했다. 얼마 안 걸린다는 거였다. 그 청은 도저히 거절할 수가 없어서 승우는 그러겠다고 했다.

승우는 매일 정란을 찾아갔다. 자신이 미주와 함께 싸우기로 결정한 이상 탁한 공기와 소음으로 가득한 서울에 더 이상 머물 이유가 없었다. 미주도 상운 폐교로 내려가길 원하고 정란도 만약을 대비해 몇 가지를 보완하고 승우가 미주와 늘 함께 있다는 전제라면, 반드시 서울을 고집할 이유가 없다고 했다. 게다가 강릉에서 속초로 가는 4차선 길에 시설 좋은 종합 병원이 생겼고, 거기에 정란이 잘 아는 동기생이 내과 담당의로 있으므로.

하늘이 도왔는지 며칠 전에는 경희 선배로부터 연락이 왔다. 태민이, 태현이, 남편과 함께 일본으로 간다고. 일본의 오빠 집에 몇 달간 가 있게 됐다고. 만약 오게 되면 방 하나 달랑인 기숙사 쓰지 말고 관사 열쇠와 도자기실 열쇠를 우물 쪽 상수리나무 밑 섬돌에 놓아둘 테니 편하게 사용하라고 했다.

그곳에 어떤 의미가 있는지 몰라도 미주가 원하는 대로 자연스럽게 일이 풀리는 게 승우로선 기이하게 여겨질 정도였다. 만약 주철 선배 가족이 일본에 가지 않았다면 그곳에 내려가겠다는 결정을 내리기는 힘들었을 것이었다. 아무리 좋은 선배들이라지만 승우가 암 투병하는 산모를 데리고 허덕거리는 것을 이해하기는 힘들 것이고, 그들 가족을 결과적으로 힘들게 하는 것일 테니까.

해가 저물어 어둑어둑해질 무렵 승우는 정란이 근무하는 병원 주차장에 차를 주차시켰다. 몇 가지의 의료 조치를 배우기 위해서였다.

그는 정란의 집무실을 노크했다.

"왔니?"

"네."

"미주는 어때?"

"나를 속이는 즐거움에 취해 있어요."

"그래, 그렇게 말하니까 듣기 좋다. 난 또 승우 씨가 미주에게 한바탕 난리를 치거나, 승우 씨 스스로 비탄과 절망에 빠져 헤어나지 못할까 봐 염려했는데."

"휴우, 어디 그럴 여유라도 있었으면 좋겠네요."

"그래, 승우 씨 마음 내가 잘 알아. 자, 시작해 보자."

탁자 위에는 몇 종류의 링거 병과 주사기, 알약, 앰풀 등이 놓여 있었다. 소독수와 탈지면, 반창고, 밴드, 그리고 혈압을 재는 기구와 온도계까지.

"일단 이런 조치가 필요해진 경우엔 빨리 병원으로 가는 게 좋아. 하지만 시간이 없거나 미주가 거부할 경우에 한해서 승우 씨가 조치를 해 줘야 돼. 잘 익혀 둬."

정란은 승우에게 주사기 다루는 법부터 가르쳤다. 앰풀을 따는 것에서부터 주입하고 공기를 뺀 뒤 엉덩이 위쪽이나 팔에 주사하는 법. 일회용 주사기를 많이 준비해 줄 테니 그걸 쓰고, 혹시라도 다 쓰면 현대병원 닥터 박에게 말해 놓을 테니 도움을 청하고, 유리 주사기와 바늘도 줄 테니 필요한 경우 사용한 뒤 팔팔 끓인 물에 소독하고 쓰면 된다고 일러주었다.

"이 앰풀이 모르핀이야. 진통제지. 주사로 놓을 수도 있고 링거

관 속에 넣어 링거액과 함께 주입하는 방법도 있어. 이 앰풀은 용량이 1cc야. 처음에 열 개 정도, 10cc를 500cc 링거관 속에 주사해 넣으면 돼. 지금은 통증이 2, 3일에 한두 번씩 온다고 하지만 점점 더 잦아지고 심해질 거야."

고개를 끄덕이며 승우는 열심히 수첩에 메모를 했다.

"이 앰풀은 데메롤이야. 모르핀과 같다고 보면 돼. 물론 이것들은 병원 밖으로 반출하지 못하게 돼 있지만 승우 씨가 떠날 때 챙겨서 보내 줄게. 모아 놓은 것도 좀 있고. 나중에 승우 씨가 돌아와서 환자인 미주가 사용했다는 사인란에 사인만 해 주면 돼. 물론 그것을 처방하고 결제한 담당의는 나야."

"네."

"그리고…… 앞으로 자주 링거를 맞아야 할 거야. 미음은 그런대로 아직 잘 먹는댔지?"

"네."

"승우 씨가 끓여 줬어?"

"네. 전복죽, 깨죽 끓이는 데는 도사 다 됐습니다."

"잘했어. 하지만 임신 중·후반기쯤 되면 미주는 전혀 먹지 못할 가능성이 많아. 아기를 낳을 때까지 조금이라도 먹어 준다면 큰 시름 하나는 더는데 말이야. 어쨌든 앞으로 승우 씨가 미주 팔에 링거를 꽂아야 할 때가 많을 거야. 중환자들은 링거의 힘으로 산다고 해도 과언이 아니니까."

"네……."

"이건 영양을 보충하는 거고, 이건 단백질, 이건 아미노산, 이건 병원에서 제일 널리 쓰는 포도당 링거이야. 보통 병원에선 두 가지만 써. 큰 차이는 없거든. 문제는…… 정맥 속에 링거 바늘을 찔러 넣는 거야. 좀 연습이 필요하거든. 봐, 바늘은 끝에다 대고 이렇게 끼우는 거야."

정란은 링거 선 끝에 바늘을 끼우고 승우의 팔에 푸른 정맥줄을 찾아 가볍게 찔러 넣었다. 따끔했다. 그녀는 다른 바늘로 갈아 끼우고는 승우에게 들려준 뒤 자기 팔을 내밀었다.

"해 봐!"

"서…… 선배 팔에요? 아니에요. 내 팔에 할게요."

"미주의 가는 팔이 승우 씨 닮았어 나 닮았어? 정맥 속으로 바늘을 집어 넣는 건 초보자로선 쉬운 일이 아냐. 어서 해 봐. 연습을 많이 해 봐야 돼. 미주가 막 아프다고 하는데 정맥을 제대로 찾지 못해 몇 번이나 꾹, 꾹 찔러 봐라. 누가 좋아하나. 이건 사소하게 넘겨 버릴 부분이 아니야. 굉장히 중요한 기술이야. 숙련되면 될수록 환자에게 고통과 공포를 빨리 줄여 주니까. 어서 해!"

정란의 하얀 팔에 실 같은 푸른 정맥이 얼비쳤다. 바늘을 든 승우의 손이 일순 파르르 떨렸다. 차라리 자신의 살갗을 뚫는 게 속 편하지 어떻게 정란 선배를 찌르나 해서였다.

승우는 조심스럽게 찔렀다. 정란은 애써 미소를 지었다.

"비슷하게는 찔렀는데 제대로 안 들어갔어. 봐, 정맥을 비켜 갔잖아. 다시 뽑아서 해 봐. 핏줄을 따라 약간 경사지게 해서 스키를 타는 기분으로 가볍고 야무지게, 한 번에 찔러서 밀어 넣어야 환자가 불필요한 고통을 느끼지 않아. 해 봐."

정란은 주먹을 움켜쥐어 푸른 정맥을 돋우었다. 승우가 바늘을 찌르자 정란은 입술을 깨물었다가 풀었다.

"그래, 하지만 이번엔 각도가 안 맞았어. 마음 편하게, 그래, 독하게 먹고 해. 미주를 생각하면서. 다시 해 봐. 바늘을 너무 세우니까 더 이상 들어가지 않는 거야."

"저…… 정란 선배……!"

"승우 씨 다시 해 봐. 한번 제대로 넣으면 자신감이 붙어. 감정 없이 해."

바늘을 정맥에 제대로 끼워 넣기 위해서 승우는 무려 여섯 번이나 정란의 손목 윗부분을 바늘로 찔렀다. 한 번씩 찔렀다 뺄 때마다 빨간 피가 맺혔다.

"자…… 잘했어. 그 다음에 반창고로 단단히 고정시켜. 선을 한번 말아 붙여도 좋아. 튼튼하게 해도 상관없어."

정란은 웃었다. 이마에 송글송글 땀이 맺혔다. 승우도 마찬가지였다.

"주사를 잘못 끼워 넣으면 그 부위가 수포가 차는 것처럼 붓거든. 그러면 당황하지 말고 즉시 바늘을 뽑고 그 부위를 눌러서 액을 뽑아 내면 돼. 반대편 팔에 놓거나, 손등…… 이런 데, 이런 데 있지? 이런 푸른 핏줄에 놓아도 돼. 살이 빠지면 혈관 찾기도 힘들어지거든. 그럴 때는 고무줄로 팔뚝을 묶고 손바닥으로 치면

혈관이 잠시 살아나. 알았어? 단번에 놓을 정도가 돼야 해."

"쉽지 않은걸요."

"그럼, 간호대학 과정을 며칠 만에 속기 이수하려니 당연히 어렵겠지. 내일은 세 번 만에 성공해. 난 뭐 안 아픈 줄 아니?"

"내일도 또 해요?"

"당연하지. 단번에 성공할 정도로 숙련되어야 해. 환자들은 몸이 아프니까 신경이 아주 날카롭거든. 환자들이 간호사들에게 제일 불만인 게 바로 이 링거이야. 초보 간호사들도 몇 번이나 찔러 대다가 겨우 집어 넣거든. 그러다가 환자한테 뺨맞은 간호사들도 많아. 난 승우 씨가 미주에게 호되게 당하는 걸 원치 않아."

정란이 미소지었다. 계속해서 정란은 알약 진통제 복용 방법, 주사로 놓는 것과의 효과 차이, 혈압 재는 법, 수치로 상태 읽는 법, 온도계 사용법, 온도계 수치에 따른 행동 범위를 설명했고, 승우는 그것을 일일이 직접 해 보고 수첩에 기록했다.

"목이 마르네. 뭐 마실 거야?"

"주스 주세요."

정란은 냉장고 문을 열면서 여섯 번이나 찔린 부위를 보이지 않게 주물렀다. 왜 아프지 않고 쓰리지 않겠는가. 생살을 여섯 군데나 뚫었는데.

승우는 잔을 받으며 말했다.

"정말 고맙습니다. 이렇게까지 애써 주시니."

"승우 씨. 그건 내가 할 말이야. 승우 씨에겐 미주가 아내지만 나에겐 둘도 없는 친구잖아. 그런데 정말 걔 성격 이상해. 지난번에 강원도에 내려가겠다고 하기에 그러면 내가 따라가겠다고 했거든. 그런데 싫대. 무조건. 간호원 하나 붙여 주겠다고 했는데도 싫대. 걔, 정말 무슨 깡다구로 자신을 그렇게 몰고 가는지 이해가 안 되는 점도 있어. 그렇다고 내가 강제로 뭐 어떻게 할 수 있는 것도 없고."

"정란 선배가 뒤에서 이렇게 애써 줄 줄 다 아는 거지요 뭐."

"가운 입은 지 7년 됐는데, 이렇게 말 안 듣는 환자는 처음이야. 환자가 모두 걔 같다면 의사들 전부 필요 없을 거야."

속이 상해 하는 말이었다. 미주가 걱정되는 건 두말할 필요도 없고 승우도 염려되긴 마찬가지였다.

"언제 갈 예정이랬지?"

"모레요."

"미주가 좋아해?"

"신혼 여행 가는 것처럼 들떠 있어요. 얼굴이 아주 밝아졌어요."

"거기가 왜 그렇게 좋대? 무슨 속인지 도통 모르겠어. 현대병원 닥터 박한테 내가 또 전화해 놓을 테니까 시간 나면 먼저 한번 찾아가 봐. 그 병원은 송림으로 둘러싸여 있고 건물도 지은 지 얼마 안 돼서 깨끗하거든. 미주가 아기 낳을 임박한 시점까지 그 병원에 입원해 있는 게 가장 좋을 거 같아. 승우 씨가 미주를 잘 구슬러 봐."

"그렇게 하죠."

"일은?"

"내일로 마감해요."

정란은 고개를 끄덕이더니 참, 하고 가볍게 소리를 질렀다.

"미주가 요즘 매일 승우 씨 프로에 사연 보낸다고 하던데. 방송에도 나왔다며?"

"네? 금시초문인데요?"

"이상하다…… 방송을 여러 번 탔다고 해서 승우 씨가 뽑아 줬나 보다고 생각했는데. 내가 잘못 들었나?"

그…… 그럼? 승우는 자신의 머리를 쥐어박고 싶은 심정이었다. 3주일 넘게 매일 팩스로 오던 무명의 편지……. 암 선고를 받고 사랑하는 사람에게서 떠나야 하는 애절한 사연의 주인공이 바로 미주일 거라고는 꿈에도 생각지 못한 일이었다. 어떻게 이렇게 바보 같을 수 있단 말인가. 눈과 마음이 멀지도 않았는데 어떻게 이렇게도 미주의 마음을 알아볼 수 없었던 말인가. 몇 번이나 그녀의 편지를 읽으며 눈물을 흘렸으면서도. 정말 바보, 멍청이, 얼간이였다.

미주는 매일매일 자신에게 남은 날들을 세며 암호 같은 연서(戀書)를 한밤에 띄워 보냈던 것이다. 그런데 어리석게도 자신은 안타깝기는 하지만 자신과는 상관없는 일로만 여겨 오지 않았던가. 매일 한 침대에서 자는 여자, 그리고 죽어 가는 여자. 자신의 아기를 낳기 위해 기꺼이 죽음을 선택한 여자인 미주의 마음을 받아 들고서도 몰라 보다니.

힘없이 고개를 떨군 승우는 떨리는 손으로 얼굴과 머리를 와락 싸안았다. 여태껏 참았던 격한 감정이 일시에 터져 나왔다. 정란은 깜짝 놀라 승우의 어깨를 흔들었지만, 승우는 마치 죄책감에 빠진 사람처럼 참담한 슬픔을 토해 내고 있었다.

회전 목마에 달린 종

나는 당신 때문에 울었습니다.
나는 당신 때문에 울었습니다.
나는 우리 둘을 위해 울었습니다.
나는 당신을 위해 거짓말을 했습니다.
나는 당신의 회전 목마에 달린 종으로 구원됐습니다.
당신이 그 남자를 사랑한다고 해도
나는 우리의 위대한 좁은 길을 갈 것입니다.
나는 당신 때문에 죽겠습니다.
나는 당신 때문에 죽겠습니다.
나는 당신 때문에 살겠습니다.
그리고 내 인생을 당신께 드리겠습니다.
—Saved By The Bells

비지스의 멤버였던 로빙 깁이 부른 노래로 승우가 마지막 음악 방송에서 미주만을 향해 틀어 준 곡.

주문

1998년 10월 14일

승우의 마지막 음악 방송이 있는 날이었다. 새벽 1시 40분경, 개인 사정으로 연출을 그만두게 됐다는 진행자의 안내말과 함께 승우는 마이크를 건네 받았다. 승우는 간단하게 후임으로 오는 PD는 뛰어난 능력이 있는 분으로 팝을 아끼는 청취자 여러분들의 마음에 들 거라는 말부터 했다. 그리고 진행자가 멘트를 넣어주고 다시 그의 차례가 되자 승우는 오늘 받은 익명의 팩스 용지를 꺼냈다.

PD가 직접 방송을 하는 것은 마지막 방송이라 해도 분명 이례적인 일이었다.

"그 동안 우리 프로의 청취자들에게 깊은 인상을 남겼던 익명의 편지가 오늘도 도착했습니다. 이제 다시는 보내지 못하게 됐다는 추신도 덧붙여져 있어서 그분께 감사하는 마음으로 연출을 맡았던 제가 대신 읽어 드리겠습니다."

오늘 도시 건물 뒤로 지는 해를 바라보았습니다. 바라보면서 또 하루가 저무는구나 생각했습니다. 해의 끝자락을 보면서 나는 중얼거렸습니다.

"그렇게 빨리 질 이유가 있는 거니? 쉬었다 가렴. 옥상에 앉아도 좋고 유리창이 가득 달린 건물에 기대 서 있어도 좋아. 그냥 그렇게 속절없이, 무심하게 빛을 거두지 말았으면 좋겠어. 네가 가면 지상의 모든 것들에게서 하루가 지나가 버린다는 것을 넌 잘 모르는 것 같아. 그게 얼마나 무섭고 두려운지를 말이야."

하지만 무정한 해는 야속하게도 어둠을 대지에 가득 퍼뜨려 놓고 홀연히 사라져 버렸습니다.

단풍이 든 나뭇잎들이 일제히 어둠이 싫다는 듯 머리를 흔드는 게 보입니다. 그 마음을 알 것 같습니다. 가을이 깊으면 그들도 떨어질 것이고 자신이 쓸쓸한 만큼 거리를 쓸쓸하게 만들 테니까요.

앙상한 가지만 있는 나무처럼 내 뒤에 홀로 남을 사람을 생각하면 나는 가슴이 아픕니다. 내가 가는 곳으로 따라오지 못하는 그는 겨울이 되면 칼바람에 나뭇가지를 흔들며 아파하고, 삭정이 가지를 부러뜨리며 기나긴 울음소리를 낼 것입니다. 그것이 마음에 걸려 나는 눈 둘 곳을 찾지 못하고 있습니다.

사랑하는 사람에게 아직도 그 사실을 알리지 못했습니다. 그는 눈치를 챈 것 같지만 묵연히도 잘 참고 있습니다. 나라면 그 사람처럼 하지 못할 겁니다.

"도대체, 그럼 난 뭐야? 나한테 준비할 시간도 주지 않으려고 했다면 너 너무나 이기적이고 잔인한 거 아냐? 어쩌면 그럴 수 있어!"

나라면 감정을 폭발시켰을 겁니다. 홀로 남는다는 억울함과 분노를 도저히 감당할 수 없기 때문입니다. 그러나 그는 알면서도 일상을 유지하려고 애씁니다. 나를 웃기기 위해 광대짓도 여전히 잘 한답니다. 하지만 이젠 그러지 않았으면 합니다. 그것이 절 더 아프게 한다는 것을 그 사람은 잘 모르고 있는 것 같습니다.

아니, 그건 제가 감당해야 할 몫입니다. 그 사람도 지금 어찌할 줄 몰라 합니다. 가만히 있어도, 내 옆에서 마냥 날 지켜봐도, 잠자리에 같이 들어도, 밤새도록 뒤척거리고 서성거리는 그의 마음이 느껴집니다. 그는 나 이상으로 훨씬 잘 참아 냅니다.

이런 두 사람의 상황과 감정이 이해되실지 모르겠습니다. 내가 그에게 아직까지 얘기하지 못한 것은 할말을 찾지 못했기 때문입니다. 나, 머잖아 당신을 떠나, 나 머잖아 죽는대, 하는 말을 어떻게 할 수 있겠습니까. 자존심이 상해서 도저히 못하겠습니다. 그의 슬픔이 무서워서 엄두가 나지 않습니다. 나는 그를 떠날 수밖에 없는데, 내 사랑이 그렇게 약해 보이는 건 너무나 싫기 때문입니다. 그가 나 때문에 절망하는 것을 보고 싶지 않기 때문입니다.

얼마 전에 그 사람이 퇴근해 돌아와서는 제게 이상한 주문을 가르쳐 주었습니다.

"라흐마니 나도루 마타부부 가이타. 사자가니 바메, 바메바메 라흐마니!"

그 사람은 티벳에서 수학한 고승이 오래 전에 필리핀 민간에 퍼뜨린 주문이라고 하더군요. 그 사람은 다르게 말했지만, 제 생각엔 사랑하는 사람에게 사랑을 전하는 주문과 같이 느껴졌습니다. 여러분도 사랑하는 사람이 있다면 그 주문을 세 번 외워 보세요. 사랑이 이루어질 것이고 이루어진 사랑은 영원히 변함없을 것입니다. 제가 이런 선물을 드리는 것은 이제 더 이상 사연을 드릴 수 없기 때문입니다.

그 동안 정말 고마웠고 감사했습니다. 여러분들과 제가 사랑하는 그 사람에게도 오래도록 건강과 사랑을 빌어 드립니다!

사연을 읽으면서 승우는 눈물을 흘렸다. 진행자도, 스태프도 놀라서 어리둥절해 하고 어쩔 줄 몰라 하는 표정들이었다. 주문 대목에서부터, 승우는 완연히 목이 메었고 슬픔을 참느라 입술을 질끈 깨물며 순간순간 터져 나오려는 울음을 손으로 틀어막았다. 미주가 처음으로 발신자가 누구인지 승우가 알 수 있도록 사연을 띄웠기 때문이었다.

미주는 혼자 어두운 실내에서 승우의 마지막 라디오 방송을 들고 있었다. 승우가 직접 자신의 사연을 읽는다고 했을 때 미주는 너무나 놀랐다. 가슴이 덜컥 내려앉았고 숨도 쉬기 힘들 정도로 떨렸다. 남편이, 세상에 한 사람밖에 없는 나의 남자가 전국 방송 망에서 흐득 흐드득 소낙비 뿌리는 소리를 내며 우는 소리를 듣 자, 그녀는 처음으로 목을 놓아 울었다. 발을 뻗고 비비적거리며 아이처럼 울었다. 가슴이 아파서, 너무나 아파서 자신의 가슴을 두드리고 싸쥐고 쉼 없이 문지르며 울었다

승우야…… 미안해……. 너무나 미안해……. 네가 나 때문 에 오랫동안 힘들었다는 것을 너무나도 잘 알기에…… 나, 잘해 주려고 했는데…… 네게 받은 사랑의 반만이라도 열심히 따라가 보려고 했는데……. 이게 뭐야, 너를…… 너를……. 또 이렇 게! 이처럼 참혹하고, 무섭게, 아프게 너를 만들어 버리다니!

나처럼 못된 여자도 없을 거야. 저……정말, 이렇게 되고 싶지 않았는데. 바보같이, 바보같이…… 괜히 저보다 나이도 많은 여 자를 선택해 가지고. 젊고 예쁜, 새파란 아이들을 다 놓아두고서. 아, 아냐……. 그런 말을 하다니! 정말 난 어리석은 것 같아. 난 이런 고약한 마음 때문에 벌을 받는 거야. 가엾은 사람…….

미안해…… 미안해…… 승우 씨, 정말 미안해!

그날 퇴근하는 승우의 손에는 미주 나이만큼의 장미 송이가 담 긴 꽃다발이 들려 있었다. 평소와 다름없었다. 그는 싱글벙글하 며 당신 오늘 어땠어? 슈퍼마켓에 다녀왔다고? 무거웠겠네. 뭐

하러 그래. 배달을 시키거나 나한테 다녀오라고 그러지. 요새 흔해빠진 게 24시간 편의점인데. 그럼 우리 공주님을 뱃속에 넣고 캥거루처럼 다녔겠네? 하긴…… 뭐, 아직 그 정도 배는 아니다, 하며 미주 옆 소파에 앉아 연신 뺨에 입을 맞추고 손으로 배를 쓸었다.

하지만 승우의 눈두덩은 두드러지게 부풀어 있었다. 미주도 마찬가지였다. 두 사람은 서로의 눈을 보지 않으려고 애썼다. 누구 한 사람이라도 입을 열면 아파트 안이 눈물로 다 차도록 울 것 같아서였다. 그건 안정을 취해야 하는 미주에게 좋은 일이 아니었다.

태아를 슬픔으로 만들고 양수 대신 눈물로 채우는 어리석은 행동을 하지 않기 위해 두 사람은 무척 애를 썼다. 그래서 승우와 미주는 쉴 없이 냉장고 문을 열고, 텔레비전을 켰다가 끄고, 침대보를 다시 깔고 하면서 움직이고 또 움직였다.

미주는 승우가 먼저 누워서 팔을 벌리고 자리를 툭툭 치는 침대로 가서 누우며 말했다.

"승우 씨, 좀 기분이 그렇겠다. 좋아하는 팝 방송 당분간 못하게 됐잖아."

"음악이야 뭐, 턴테이블과 CD만 있으면 어디서든 실컷 들을 수 있지. 내일 강원도 내려갈 때 CD 잔뜩 싣고 가지 뭐. 아 참, 지난번에 샀던 태교 음악 CD집도 가져 가야겠다. 모차르트 음악 전집도 가져 가야겠지?"

"그래, 좋도록 해!"

"미주, 너 마지막 방송 들었니?"

"아니! 텔레비전 봤어. 개그펀치 나오는 유머박스!"

"그럴 줄 알았어. 잘했어. 아기를 위해서도 슬픈 건 안 듣는 게 좋아."

"슬픈 거? 왜? 무슨 일 있었어?"

"아니, 아무 일도. 하지만 끝 방송이라 좀 내 마음이 그랬어. 그래서인지 나답지 않게 슬픈 곡이 몇 개 더 들어갔던 거 같아. 곡 안배가 잘못됐어."

"끝 곡은 뭐 틀었어?"

"〈Saved By The Bell〉. '회전 목마에 달린 종' 이야."

"야아, 제목 죽인다. 나도 우리 아기 태어나면 회전 목마 타러 가야지. 딸랑딸랑 종을 흔들어 주면서 탈 거야."

"좋았어. 그럼, 내가 사진 찍어 줄게. 무지무지하게 크게 확대해서 벽 한 면에 척 붙이는 거야."

"정말? 흐으응, 그 생각만 해도 기분이 좋아진다."

"그러니까 이제 자. 네가 자야 우리 공주님도 잘 테니까."

승우는 미주를 향해 돌아누워 반대편 손으로 그녀의 가슴을 토닥거렸다. 미주는 살포시 눈을 감았다. 가슴속에서 뭔가 치밀어 올랐지만 미주는 애써 억눌렀다. 승우도 마찬가지였다. 그녀의 입가에 걸린 미소를 조금만 건드려도, 들추어도 거대한 슬픔이 폭발할 것만 같았다.

〈Saved By The Bell〉! 끝곡으로 너무 슬픈 걸 틀었어. 가사도 엉망이었고. 바보 같은 짓이야. 정말…… 어이없는 실수야!

승우는 옅은 어둠 속에 파묻혀 고개를 설레설레 흔들었다. 미주에게 좀더 밝고 경쾌하고 건강한 음악을 틀어 줄걸. 승우는 멍청한 자신을 맘껏 욕했다. 자기 감정에 못 이겨 눈이 퉁퉁 붓도록 미주를 더 슬프게 만들다니.

승우는 미주의 아랫배를 부드럽게 쓰다듬고 그녀의 가슴을 토닥이는 것을 오래도록 반복했다.

그들만의 가을

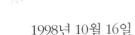

1998년 10월 16일

상운 폐교는 몇 개월 전 그대로였다. 마을과도 조금 떨어져 있어, 고요한 정적감이 물든 단풍나무가 커다란 은행나무와 함께 가을 성채를 이루고 있었다.

둑 앞에는 황금 들판이 자리하고 있었고, 왼쪽 마을 뒤편 야트막한 산 사이로 삼각형으로 물구나무선 푸른 바다가 보였다. 건물 사이의 바람이 아닌 완전히 방목된 가을 바람이 햇살 사이로 곡선을 그리며 자유로이 날아다녔다.

미주는 주위를 둘러보며 한껏 공기를 들이마셨다.

"이제야 살 것 같아."

"그렇게 기분 좋아?"

"응. 날아갈 것 같아. 승우 씬?"

"나도 좋아."

"봐, 내려오길 잘했지?"

"그래."

승우는 안에서 빗장만 질러 놓은 교문을 열고 차를 천천히 몰아 교사 뒤편에 세웠다. 차에는 필요한 생필품과 턴테이블, CD 박스, 책, 옷가방과 냉장고에 들어가야 할 물품들이 뒷좌석과 트렁크에 가득 실려 있었다. 물론 정란이가 승우에게 준 여러 개의 의료 박스들도.

세 개의 열쇠가 달린 뭉치는 경희 선배의 말대로 상수리나무 밑 섬돌 아래 놓여 있었다. 관사 현관 열쇠와 기숙사 열쇠, 도자기실 열쇠였다.

승우는 열쇠를 미주에게 자랑스레 흔들어 보였다.

"어떡할까?"

"우리 그냥 기숙사 써. 보일러 난방도 괜찮고 작은 부엌도 딸려 있잖아. 가스레인지도 있고, 냉장고도 있고, 전화도 연결해서 쓸 수 있고. 아무 문제없잖아?"

"그럴까?"

"그래. 나중에 필요한 게 있으면 관사에 있는 것을 빌려다 쓰지 뭐."

"그러면 물건 옮기고 정리하는 건 내가 할 테니까 미주 너는 학교를 돌아봐. 돌아온 관리인처럼 말이야."

"그래도 방 청소는 내가 할게. 같이 정리하면 빠르잖아."

"뱃속의 우리 공주님 모시고 있는 게 너한테 가장 중요한 일이야. 얼마 안 걸릴 테니까 산책하듯이 천천히 돌아봐."

"정 그러시다면. 흠, 우물물 맛부터 점검해 볼까?"

"좋으실 대로!"

승우는 문을 활짝 열어젖힌 기숙사 안으로 물건을 나르기 시작했다. 미주는 깊이가 열 길 정도 되는 우물에 나무 두레박을 던져 넣었다. 맑은 수면 위에 자신의 얼굴이 부서져 일렁였다. 병색이 도는 해쓱한 얼굴이었다. 볼살이 빠져서 광대뼈가 조금 드러나 있었다.

미주는 머리카락을 귀 뒤로 쓸어 넘기고 미소를 지어 보였다. 아직도 아름다움이 남아 있었다. 화장을 한다면 몸무게가 적게 나가는 말라깽이 아가씨 같아 보일 수도 있겠다 싶어 웃음이 흰 치아 사이로 비집고 나왔다.

식도를 타고 내려가는 청량한 우물물은 위를 세척해 주는 느낌이었다. 우물…… 서울에서는 도저히 맛볼 수 없는 정갈한 물맛이었다. 폐교가 되기 전 인근 마을의 어린 학생들이 달라붙었을, 체육 수업이 끝나면 아이들은 시멘트에 타일을 붙인 수돗가로 뛰어가기보다는 틀림없이 이 우물로 뛰어왔을 터였다. 여름에는 시원하고 겨울에는 따스한 물이 우러나 고인 이 우물 때문에 이곳이 그렇게 그리웠던가 싶었다.

미주는 주머니에 있는 조그만 물병에 든 생수를 쏟아 버리고 우물물을 채웠다. 이제는 하루에 적어도 한 번씩 동통이 왔다. 통증의 시작은 위(胃)가 있는 복부에서 시작되지만 순식간에 바깥으로 튀어나와 온몸을 무너뜨리는 위력이 있었다.

미주는 주머니에 언제나 강력한 진통제와 물병을 넣고 다녔다. 그것은 자신을 위해서라기보다는 자신을 믿고 몸 속에 자리잡아 한 발 한 발 미주에게, 아빠인 승우에게, 그리고 세상을 향해 걸어오는 아기를 위해서였다.

"정란아! 진통제를 장기 복용해도 아기에게 아무 문제가 없을까? 통증이 심해지면 진통제로도 안 된다며? 그럴 땐 모르핀을 맞는다던데, 아기에게 괜찮을까? 난 그게 제일 걱정돼."

"물론 태아에게 좋다고는 할 수 없지. 그렇지만 진통제와 모르핀이 반드시 아기를 비정상 상태로 빠뜨린다는 학계의 정식 보고는 아직 없어. 단지 쓰는 것보다는 안 쓰는 것이 여러모로 바람직하다는 거지. 하지만 네 경우엔 이렇게 생각해야 돼. 약이나 모르핀이 필요한데도 안 먹고 주사도 안 맞으며 네가 극악한 동통을 참아 낸다면, 동통은 약물보다 태아에겐 훨씬 나쁜 영향을 미친다는 거야. 심한 경우에는 출산 후의 문제가 아니라 즉시 유산될 수도 있거든. 임산 후기에는 사산을 염려해야 하고. 넌 그걸 제일 조심해야 돼. 내가 승우 씨한테 연습을 시켜 놓았거든. 승우 씨 이제 링거나 주사도 잘 다뤄. 그러니까 넌 남편과 괜찮은 남자 간호사와 같이 그곳에 내려간 거야. 그리고 너희 둘만으로는 상황이 힘들겠다 싶으면 즉시 현대병원으로 가. 차를 타면 30분 정도니까. 서울의 교통 체증을 생각하면 그 정도는 아무것도 아니지. 그곳에 가서 박민식 내과 전문의를 찾아. 이미 내가 여러 번 부탁했고 책임감 있는 사람이니까 전부 다 알아서 해 줄 거야. 승우 씨한테 그 사람 핸드폰하고 집 전화 번호도 알려 줬거든. 만약 야간 응급실에 가야 될 경우, 닥터 박에게 연락을 먼저 하고 떠나는 게 좋아. 집이 병원 근처라서 기다려 준다고 했으니까. 그리고 내가 필요하면 언제든지 불러. 승우 씨를 믿긴 하지만 내가 얼마나 불안해 하는지 넌 잘 모를 거다. 아무튼 연락하면 전화받는 즉시 네게로 달려갈게. 그리고 산달이 3월이거든. 최소한 1월에는 다시 서울로 돌아온다고 생각해. 그 병원 시설도 좋긴 하지만 네 경우에는 출산 때 최고의 시설과 전문가들이 달라붙어야 해. 그래서 2월부터는 우리 병원에 한 달 정도 입원해야 해. 아기를 무사히 낳고 싶다면 그것만은 내 말을 꼭 들어줘야 돼."

정란의 얘기가 귓바퀴에서 쟁쟁거리는 듯했다. 미주는 교사 뒤편으로 난 흙길을 걸었다. 화장실과 창고, 코스모스가 피어 있는 화단, 측우기와 온도계, 습도계를 달아 놓은 비둘기장 같은 흰 관측대를 지났다. 둥근 연잎이 퍼져 있는 자그마한 연못 둘레에 여러 종의 단풍나무와 측백나무가 있었고 그 앞에 커다란 은행나무가 서 있었다.

황금빛으로 불타는 나무는 셀 수 없이 많은 잎을 달고 우람하게 서 있었다. 어쩌면 저렇게도 곱게 햇빛에서 노란 빛깔만을 뽑아 잎에 물들일 수 있는지 신기할 정도였다. 은행나무를 보면 편지가 쓰고 싶었던 10대 초반의 시절이 떠올라 미주는 가슴이 뭉클했다.

바닥은 떨어진 노란 은행잎으로 가득한 둥근 원을 그리고 있었다. 황금의 나뭇잎을 밟는 기분이 그만이었다. 무도장 같다는 느낌이 들었다. 언제 승우와 같이 여기서 춤을 춰 봐야지. 탱고, 자이브, 살사 댄스, 지르박까지. 그런 건 좀 힘들 테지?

기획 실장의 취미가 스포츠댄스였기 때문에 미주는 간단한 스텝 정도는 익혀 두었다. 턴테이블을 연못 옆 바위 위에 놓아두고. 영화 〈여인의 향기〉에 나오는 알 파치노와 그 여인처럼 승우와 멋진 춤을 춰야지. 후후후, 배가 더 불러 온다면 블루스를 추는 것조차 영 맛이 안 날 것 같은데. 이 몸으로 겨우 출 수 있는 춤은 그의 품에 안겨 발을 가볍게 이리저리 뗐다 붙였다 하는 블루스뿐일 텐데 말이야. 어쨌든 은행나뭇잎이 다 떨어지기 전에 이곳에서 승우랑 블루스를 춰 볼 거야.

미주는 담백한 미소를 머금으며 걸었다.

농구대와 자그한 축구 골대, 높다란 태극기 깃봉 사이에는 도자기를 굽는 가마가 설치되어 있었고, 고구마 굽는 통을 바로 세워 놓고 위에 연통을 단 시설도 곁에 있었다. 고구마 통 같은 시설은 인형을 주로 굽는 초벌통이었다. 뒤에 있는 창고 안에 재어 놓은 통나무를 팬 장작들은 가마 불에 쓰이고, 흙인형을 굽는 데는 왕겨가 쓰인다고 했다. 왕겨 자루가 5, 60여 개나 쌓여 있고 불을 붙이는 법도 지난번에 웬만큼 들어서 알고 있었다. 방법은 의외로 간단했다. 미주는 승우와 같이 인형을 만들고, 접시를 만들어 말려서 꼭 한번 구워 볼 작정이었다.

그렇게 되면 주황색보다 더 발간 초벌 인형들과 접시를 초벌통에서 건져낼 수 있게 될지도 모른다. 미주는 뱃속에 있는 딸에게 줄 인형을 만들 수 있다고 생각하니 벌써부터 가슴이 설렜다.

"자, 엄마랑 같이 그네 타러 가자!"

한 손으로 배를 쓰다듬으며 미주는 그네로 가서 앉았다. 아주 조금만 몸을 흔들고 발로 땅을 지쳐 그네를 움직였다.

"어때? 기분이 좋지? 널 캥거루 새끼처럼 배 바깥주머니에 넣고 키울 수 있다면 얼마나 좋을까. 엄만 우리 딸 얼굴이 너무너무 보고 싶거든. 캥거루 어미는 얼마나 좋을까. 손가락 한 마디도 안 되는 것이 엄마 배 주머니에 기어 들어가서 그 안에 달린 젖을 먹고 커다랗게 자라나니까……."

그때 아기가 발로 차는 것이 느껴졌다.

"너도 그러고 싶다고? 하지만 조금만 더 기다리렴. 이 아름다운 세상이 너를 맞이하기 위해 아직 단장을 덜 했거든."

하지만 태아는 계속해서 움직였다. 그 순간이었다. 미주는 헉, 하는 신음 소리와 함께 호흡이 정지되었다. 언제나 부지불식간에 덮치는 놈이었다. 그 놈의 통증이 위(胃)를 꽉 움켜잡은 느낌이었다. 식은땀이 관자놀이에서부터 등줄기까지 쫙 흘러내리는 것 같았다.

위 부위를 싸잡으며 가쁜 숨을 몰아 쉬던 미주는 떨리는 손으로 주머니에서 약병을 꺼내 알약 세 개를 입에 황급히 털어 넣고 물병 꼭지를 열어 거푸 물을 마셨다. 야윈 볼이 푸르르 떨렸다. 여러 번 맞닥뜨렸지만 매번 섬뜩했다. 분명히 공포였다. 자기 몸 안에서 자신을 노리는 음흉한 살인자의 검은 눈빛 같은. 마치 모체를 숙주로 해서 자라는 또 하나의 악한 힘이 자신의 몸을 부지불식간에 헤집어 완전한 장악을 가늠하는 듯한.

놀랍게도 계속해서 움직이던 태아가 움직임을 딱 멈췄다. 마치 사나운 짐승 떼가 돌아다니는 초원의 수풀 속에서 숨어 엄마가 돌아오길 기다리며 숨도 쉬지 않는 가젤 새끼처럼. 태아는 미주가 느끼는 확연한 공포와 죽음에 대한 두려움에 정확하게 반응하고 있는 듯했다.

통증은 그물망 같은 촉수를 뻗어 내려가다가 검고 끈적거리며 날카로운 껍질을 가진 삿갓조개가 황급히 웅크러들듯 잦아들었다. 미주는 두 손으로 아랫배를 감쌌다. 엄마…… 무서워……, 엄마…… 어딨어, 하는 태아의 두려움이 파들거리며 얇은 배 살갗 바깥으로 전해지는 듯했다. 눈물이 왈칵 솟구쳤다.

미안…… 미안해 아가야. 너는 어두운 둥지 속에 혼자 놓아둔 날지 못하는 새끼 새처럼 불안하고 무섭겠지? 너의 주변에 나쁘고 무서운 것들이 돌아다니게 만들다니! 정말 이 엄마가 무책임

하고 자격이 없는 것 같아 가슴이 아프구나. 엄마가 네가 있는 곳으로 들어갈 수만 있다면 아무도 널 건드리지 못하게 할 자신이 있는데. 그러나 엄마는 너무 커서 네가 있는 곳까지 들어갈 수가 없단다. 하지만 아가야! 두려워하지 말고 용기를 가지렴. 엄마랑 너는 한 몸이야. 우리는 서로 격려하면서 함께 나쁜 것들과 싸워야 해. 엄마는…… 이 엄마는…… 네가 얼마나 먼길을 돌아 엄마에게 와 주었는지 너무나 잘 안단다. 넌 은하수와 카시오페이아자리보다 더 먼 곳에서 너 혼자 엄마를 보기 위해 찾아왔어. 부디 그 용기를 잃지 말거라. 엄마가 널 항상 지켜보고 너와 함께 할 테니까. 그 사악한 것들이 네 몸에 손끝 하나 대지 못하게 엄마가 언제나 깨어 있어서 널 지킬 테니까. 아가야, 넌 더 이상 불안해 하지도 말고 아름다운 꿈을 꾸면서 건강하게 무럭무럭 자라나야 한단다. 그게 네 일인 거야. 엄마가 널 지켜 줄게. 엄마가 약속하마. 어떤 일이 있어도 너를 몹쓸 그 어둠의 손에서 지켜 내겠다고.

미주의 말을 알아듣는 듯 아기는 조심스럽게 뱃속에서 움직였다. 마치 '네…… 네……' 하고 대답을 하는 것 같았다.

"그래그래. 우리 아가 착하지! 절대로 겁먹지 말고 잘 자고 잘 먹어야 해. 앞으로 점점 더 힘들어지겠지만 엄마는 너를 목숨과 바꿀 만큼 사랑한다는 걸 명심하고 너도 힘을 내길 바란다. 알겠니? 너무나 소중한 사랑하는 아가야!"

통증은 완전히 사라졌다. 태아도 뱃속에서 불던 검은 바람이 멎었다는 듯 어항 속의 물고기처럼 아주 평온하게 움직이며 놀았다. 미주는 고개를 끄덕이며 미소를 지었다.

미주는 남편 승우에게 가려고 했지만 균형을 잡을 수 없어 다시 그네 위에 살그머니 주저앉았다. 거꾸로 있는 태아의 발 바로 위 어디엔가 잠복해 있으면서 세력을 퍼뜨리고 있을 이 놈들은 확실히 독성이 강한 이빨을 가진 놈들이었다. 암세포가 갈퀴나 발톱 모양으로 변하여 내장 기관을 한번 찍은 후유증으로 인해 진이 다 빠져 나간 것 같은 기분이었다. 숨 고르기를 하면서 미주는 그네 줄을 양손으로 잡고 몸 속의 건강한 세포가 건네 주는 힘을 모으고 있었다.

교실 일곱 칸의 일자형 건물. 정갈한 흰색 페인트 칠이 된 건물은 언뜻 기차같이도 보였다. 하늘을 나는 〈은하철도 999〉처럼. 영화 〈나는 교실〉처럼. 세상 사람들이 모두 잠들고 난 뒤 하늘로 날아올랐다가 제일 먼저 눈뜨는 사람이 깨기 직전에 살그머니 그곳 그 자리에 내려앉은 것 같은.

미주는 평온한 몸과 마음을 되찾았다. 미주는 바다 반대편에 있는 서산 쪽으로 지는 노을 빛이 운동장 가득 내리고 쌓이는 것을 보았다. 서산은 굳이 일어나 돌아보지 않아도 덤프트럭으로 꽃잎을 가득 싣고 와 부려 놓은 것처럼 붉을 것이다. 그 빛의 꽃잎이 바람에 이곳까지 날려 와 텅 빈 운동장이며 유리창마다 쌓이고 달라붙고 있는 것이다. 눈물겹도록 아름답게 느껴지는 시간이었다.

고요와 적막감이 푸르게 푸르게 학교 담장을 경계로 거대해지는 느낌이었다. 운동장은 거인의 앞치마처럼 풍성하게 펼쳐져 바람을 담고 어둠을 꺼내 방목하고 있었다.

나는 왜 이곳에 그토록 오고 싶어했을까? 혹시 내가 초등학교 시절 배우지 못했던 것이 있어서 누군가가 날 다시 이곳으로 오게 했을까. 내가 빠뜨린 것, 배우지 못한 것이 있다면 그게 무엇일까? 혹시 잊은 것은 없을까?

문득 그런 생각이 들면서 자신의 초등학교 시절이 떠올랐다. 그 기억들이 빈 운동장을 뛰어다니고 있었다. 삶에 대한 어떤 두려움도 고통도 없었고 몰랐던 그 시간. 친구들과 해가 질 때까지 고무줄 놀이를 하거나 공기 놀이, 땅 따먹기를 하던 기억이 떠올랐다. 어떤 날은 술래잡기를 하기도 했고 사내애들과 같이 말타기 놀이를 했던 것도 아련하게 기억났다.

양 갈래로 땋은 머리를 어깨 뒤로 늘어뜨리고 텅 빈 어슴푸레한 운동장을 뛰어다니던 여자아이. 반장도 했고 사내애들이랑 치고 박고 싸우기도 했던 여자아이. 엄마 아버지가 교사라 공부는 1등이 당연하다고 친구들이 말했던 아이. 그 아이가 텅 빈 운동장을 깔깔깔 웃어대며 혼자 뛰어다니고 있었다.

"미주야! 저녁 준비까지 다 했어!"

"벌써?"

"그래. 뛰지 말고 천천히 걸어와."

승우가 은행나무 옆으로 내려서며 미주를 향해 소리쳤다. 승우는 미주를 향해 걸어왔다. 우주를 가로질러, 저 먼 시원의 어떤 곳으로부터 사랑하는 이를 찾아온 기사처럼, 뚜벅뚜벅 흔들림 없이 승우는 걸어오고 있었다. 승우의 뒤에 선 은행나무는 거대한 그림자 나무가 되어 양 귀와 가지 끝에 장식으로 반짝이는 별 귀고리와 머리핀을 벌써 꽂은 듯 영롱한 별들이 반짝이고 있었다.

삽시간에 어두워지고 삽시간에 푸르러지고 삽시간에 초롱초롱 빛이 나는 것들. 승우가 손을 잡아 주자 미주는 걸음을 멈추고 운동장과 흰 건물과 하늘에 뜬 황금 달과, 주먹처럼 소 눈망울처럼 굵어지기 시작하는 별무리를 올려다보고 다시 운동장과 교사를 손으로 가리키며 말했다.

"정말 아름답지 않아? 여긴 우리 둘만의 세계야. 고요와 외로움과 쓸쓸함이 깃들여 우리가 서로를 더욱 절실하게 느낄 수 있는 별 같은 세계. 내가 왜 여길 그토록 그리워했는지 이제는 확연히 알 수 있을 것 같아."

넌 은하수와 카시오페이아자리보다 더 먼 곳에서
너 혼자 엄마를 보기 위해 찾아왔다. 부디 그 용기를 잃지 말거라.

시간을 병 속에

만약 시간을 병 속에 저장할 수 있다면
제일 먼저 하고 싶은 게
흐르는 세월을 영원히 저장하는 것입니다.
당신과 함께 그 시간을 보낼 수 있도록…….
세월을 영원하게 할 수 있다면
말이 소원을 성취시킬 수 있다면
하루하루를 보물과 같이 저장했다가
그것을 다시 당신과 함께 쓸 거예요.
그러나 세월이 흐르니 당신이 하고 싶은 일들을
성취하기에는 충분하지 못하죠.
저는 늘 생각했어요. 당신이야말로 시간을 같이
보낼 수 있는 단 한 사람이라는 것을…….
나에게는 소원의 상자가 있었죠.
결코 이루어지지 않는 꿈의 상자가.
그 상자는 나의 소원에 대한
당신의 대답을 제외하곤 비워 버릴 겁니다.
—Time In A Bottle

짐 크로스의 노래. 승우가 미주에게 간절한 마음을 실은 자장가로 불러 줬던 곡.

주단 인형

　미주는 승우가 끓인 전복죽을 몇 숟가락 뜨다가 구토 기를 느끼는지 우읍 우읍, 손을 대고 구역질을 하며 밥상에서 물러났다. 승우는 김과 멸치, 김치를 놓고 밥을 먹다가 슬그머니 수저를 내려놓았다.

　"속에서 안 받아?"

　미주는 벽에 등을 기대며 고개를 끄덕거렸다.

　"큰일인데…… 오늘 하루 종일 서너 숟갈밖에 못 먹었잖아? 내가 영양 링거 한 대 놓아 줄까?"

그 말에 미주는 승우의 얼굴을 빤히 쳐다보며 킥킥대고 웃었다.

"정말 놓을 줄 아는 거야?"

"그럼. 정란 선배가 나 남자 간호사로 취직할 수준은 된다고 말했으니까 믿어도 돼. 맞을래?"

"아니. 아직 그 정도는 아냐. 승우 씨나 많이 먹어."

"네가 그런데 먹을……."

"그래도 먹어. 날 위한다면. 승우 씨가 건강해야지 내 뒤처리를 잘 할 수 있잖아. 그게 우리 아기를 위하는 거기도 해. 난 조금 속이 진정되면 다시 먹을게. 응?"

"……그래."

모래를 씹는 맛이었다. 하지만 승우는 목이 메자 물을 마시고 얼른 아내 미주에게 씩 웃어 보인 뒤 밥을 물에 말아 쿡, 쿡, 용감하게 떠 먹었다.

"텔레비전 켜 줄까?"

"아니. FM 라디오 음악. 승우 씨 없으면 FM 방송국 문닫을 줄 알았더니 돌아가긴 돌아가네?"

미주는 언제부터인가 텔레비전 보는 것이 싫어졌다. 텔레비전에서 나오는 연속극, 개그 같은 화면이 마음에 들지 않던 것이다. 정말 아무것도 아닌, 하잘것없는, 문제가 되지도 않은 일을 가지고 서로 헐뜯고 싸우고 웃고 떠드는 것이 구역질이 날 정도로 싫었다. 살 시간을 넉넉하게 가진 자들의 횡포 같았다.

상황이 변해서일 것이다. 미주도 건강을 잃기 전에는 텔레비전을 들여다보며 같이 킬킬대며 웃었으니까.

하긴 라디오 프로그램에도 그런 요소가 적잖았다. 시시콜콜한 것을 가지고 떠들어대는. 인생이, 살아 있는 시간이, 지금 이 순간이 얼마나 중요한지 모르는 한 무리의 사람들이 필사적으로 인생을 가볍고 경박하게 만들기 위해 갖은 용을 써대는 것 같은. 하지만 라디오는 시끄러운 사람들의 소음을 어느 정도 멈춰 주는 음악이 중간중간 흘러서 그런대로 견딜 만했다.

미주는 승우가 보지 않을 때는 한순간도 놓치지 않고 그의 얼굴이며 움직임을 재미있다는 듯 지켜봤다.

야아, 승우 씨 전엔 몰랐는데 주로 밥을 왼쪽 어금니로만 씹네. 반찬을 수저로 집을 때는 그 안을 슬쩍 뒤집어 안쪽을 집어들고. 열세 번 정도 밥을 씹고…… 밥과 물을 꿀꺽 삼킬 때는 가볍게 콧잔등을 움찔하는구나.

울대뼈가 총 가늠쇠처럼 상하로 크게 움직이는걸. 목이 유난히 가늘고 길어서 그런가 봐. 저 사람 확실히 좀 말랐어. 하지만 가슴팍에 살은 없어도 어깨는 넓어 보여. 확실히.

등은 아무래도 좀 구부정한걸. 개다리소반을 들고 나갈 때는 엉덩이를 쭉 빼고 팔자걸음을 걷네. 저 봐, 나를 볼 때는 흰자위가 더 크게 드러나. 짙은 눈썹 때문에 그런가. 참 차분하게도 그릇을 개숫물에 담그는군. 나보다 훨씬 소리가 덜 나.

고무장갑 끼는 소리, 퐁퐁을 수세미에 묻혀서 식기를 닦고 물로 헹구어 찬장에 엎어놓는 소리, 수저를 거머쥐는 소리, 쓱쓱 닦

고, 다시 떨어지는 수돗물에 가져다 대고 행구는 소리…… 미주
는 방안에 앉아 소리만 듣고서도 그의 움직임을 정확하게 체크할
수 있었다.

승우는 세숫대야에 물을 받고는 목에 수건을 두른 채 미주를
불렀다.

"씻어야지!"

"야아, 이거 완전히 난 손가락 하나 까닥 안 해도 되네. 승우 씨
서비스 베리 굿이야."

"발은 내가 씻겨 줄게 세수만 해. 칫솔에 치약도 짜 놓았어."

"에구구, 고마워!"

"뭐 그렇게 고마워할 건 없어. 너 애 낳을 때까지만이야. 몸 풀
고는 그때부터 국물도 없어. 그때부터는 내가 너한테 한 것처럼
니가 나한테 똑같이 해 줘야 돼."

정말 그렇게 된다면…… 얼마나 좋을까.

"그러지 뭐. 얼마 동안?"

"글쎄…… 한 50년 동안은 해야 하지 않을까?"

"그러면 우리 아기는 다 키웠다. 난 응석받이 당신 시중드느라
정신이 없을 테니까."

"그럼…… 내가 20년은 봐 준다. 30년만 이렇게 해 줘. 그 뒤
30년은 내가 너한테 이렇게 무료 봉사해 줄게."

"그러다 보면 우린 너끈히 백수(白壽)는 누리겠네?"

"당연하지. 부부가 백년해로한다는 말이 괜히 나왔겠니? 우릴

위해 지혜로운 선조들께서 만들어 놓은 거지."

승우는 미주의 발을 뽀득뽀득 두 손으로 씻겼다. 발이 작아지고 있었다. 그것이 마음에 걸려서 승우는 반수다꾼이 되어가고 있는 것이다.

두 사람은 요를 깔고 누웠다. 습기를 말리기 위해 보일러를 한번 돌린 뒤라 온기가 기분 좋게 등허리를 파고들었다. 봉창에 달빛이 어렸고 아늑함이 고요함을 다섯 손가락으로 쓰다듬는 듯한 경음악이 라디오에서 흘러 나왔다.

미주는 승우의 팔을 베고 누운 채 꺼진 형광등이 달린 천장을 바라보며 말했다.

"참 조용하다, 그치?"

"그래, 차 소리 하나 안 들린다."

"……어, 귀뚜라미 소리 들린다. 깊은 가을도 아닌데 정말 부지런한 녀석이네?"

"기숙사 담장 뒤쪽 밭 기슭에 서 있는 감나무 잎 소리도 들려. 소의 귀 같은 감나무 잎들이 수런거리는 소리를 내잖아. 들려?"

"들리네. 정말 이런 기분 나 처음 느껴."

"나도. 도시에서만 크고 자랐으니 온통 처음 듣는 것들뿐이야. 저 달빛이 스며든 봉창 좀 봐. 누가 대금만 불면 우린 조선 시대에 사는 기분이 들 것 같아."

"우리 내일부터 개량 한복 입을까?"

"그래, 딱 어울릴 것 같아. 여기서 우리가 주철 선배, 경희 선배

밀어 내고 새 주인이 되는 거지."

"여기서 한 몇 년만 살아도 승우 씬 하늘이 되고 나는 땅이 될 수 있을 것 같아."

"이왕이면 우리 다 별이 되는 게 더 좋아. 우리도 지구란 별에서 태어나고 자랐으니까 아주 나중엔 정말 별이 될 수 있을지도 모르지."

"그럴까?"

두 사람은 고요가 주는 광휘로운 아름다움을 느끼고 있었다. 인간의 소리가 닿지 않는 곳에서 마을을 이루어 살고 있는 자연의 일부분들이 내는 고요함의 광채. 미주와 승우도 그 일부가 되어 교감을 하고 있는 것 같은 느낌이었다.

"문득 이런 생각이 드네. 우리…… 참으로 먼길을 걸어왔구나, 하는. 여기에 같이 눕기 위해서 얼마나 많은 일들을 겪어 냈는지. 얼마나 많은 시간과 성장의 아픔을 겪어 냈는지 오롯이 느껴지는 것 같아."

"승우 씨도 그런 생각을 했어! 나도 내가 지구, 서울에서 태어난 게 아니고 아주 먼 행성에서 태어나 이곳에 잠시 불시착해서 누워 있다는 느낌이 들어. 승우 씨를 만나고 이렇게 같이 누워 있기 위해 일부러 우주선을 고장낸 것 같은."

"후후후, 그림이 그려져."

창호지를 바른 봉창에는 달빛이 얼룩져 있었다. 깊은 적막감을 이기지 못한 달빛이 뺨을 대고 있는 것 같았다. 미주는 자신의 배에 얹힌 승우의 손등을 손으로 살포시 덮었다.

"승우 씨, 우리 아기 이름 뭐라고 지을 거야?"

"너는?"

"딸이니까…… 윤지? 혜현이? 다경이? 소미? ……또 ……
아무래도 승우 씨가 지어야 할 것 같은데? 하나만 대 봐."

"실은 나…… 벌써 정해 둔 이름 있다."

"그래? 뭔데?"

"으응…… 주미! 김주미!"

"주미…… 주미……. 미주……. 주미……. 내 이름 거꾸로
네?"

"맞아. 난 딸이 당신을 닮았을 것 같아. 그러길 바라고. 당신
속에 있었으니까 이름도 당신 속에 있어야지. 예쁘잖아, 이름도.
김주미. 난 여자아이 이름 지을 때는 이런 것도 생각해 둬야 한
다고 봐."

"어떤……?"

"여자아이니까 자라면 처녀가 되고 아가씨가 되겠지? 그럼 떠
꺼머리총각 녀석들이 따라다니며 부를 때 좀 도도하고 상큼하고
격이 있게 느껴지는 이름 말이야. 주미! 그 이름 속에는 당신도
있고 그런 품격이 스며 있는 것 같지 않아?"

"그래. 좋네…… 김주미……. 내 이름 가지고 지어서 당신에
게 미안한 마음도 들지만 당신이 말한 감이 오는걸. '저어……
주미 씨! 바쁘지 않다면 저와 차 한잔하시겠습니까?' 그러면 우

리 주미는 턱을 쳐들겠지. '그럴 시간 없어요!' '주미 씨…… 주미 씨! 제발 한 번만 만나 주세요! 주미 씨가 절 만나만 주신다면 전 제 목숨까지 기꺼이 바칠 것입니다. 결혼해 주신다면 물 한 방울 손에 묻히지 않고 살 수 있게 해 드리겠습니다.' 그러면 우리 주미는 코방귀를 뀌며 이렇게 말할 거야. '누굴 흑인 만들 일 있어요? 손에 물을 안 묻히면 대체 어떻게 세수하고 목욕하라는 거예요? 그리고 사람 잘못 봤어요. 난 내 삶을 내 힘으로 당당히 개척하고 내 능력으로 살아가는 타입이지 남자가 벌어다 주는 돈만 바라보고 앉아 사는 그런 여자가 아니에요. 헛짚어도 한참 헛짚었으니까 딴 데 가서 알아보세요!' 하고 휑하니 돌아서서 갈 것 같아. 눈에 보여."

"크크크, 그러고도 남을 거야. 당신을 닮았다면!"

"칭찬인지 비난인지 헷갈리네."

"당연히 칭찬이지. 당신 그런 점을 내가 좋아했던 거 아냐?"

"내 머리카락에서 난다는 국화 향 때문이 아니고? 참, 한번 맡아 봐. 아직도 나?"

승우는 코를 큼큼거렸다.

"나. 내 코와 당신 머리카락은 사이클이 맞는 것 같아."

"그런 것도 천생연분인가?"

"그럼. 더 이상의 앙상블은 지상에 없겠지."

"하여튼 간에 승우 씨 결론은 늘 절묘해."

그들은 키득거리며 웃었다. 미주는 자기 배를 쓰다듬었다.

"아기야. 네 이름은 주미야. 김주미! 어떠니? 맘에 드니? 아빠가 지어 주셨어. 엄마 이름도 네 이름 속에 들어 있어서 엄마는 기분이 좋네. 성은 물론 아빠 성이지. 으응…… 너도 좋다고? 그래. 그럼, 앞으로 널 부를 때는 주미라고 부른다. 꼭 외워 둬야 해. 알겠지?"

"좋다고 해?"

"응."

"역시 한 몸이라 비밀 전화선이 가설돼 있구나."

"몰랐어? 탯줄! 그걸로 우리는 쉼 없이 교신을 한다고."

"피곤하지 않아?"

"아니. 나른하긴 하지만 기분이 참 좋아."

"다행이다. 잠이 오면 자."

"그래. 여기에서의 잠은 아마도 바다 쪽에서 걸어올 것 같아. 자박자박, 찰랑찰랑 물 밟는 소리를 내면서."

미주는 눈을 감고 미소를 지었다. 승우는 미주의 머리카락을 매만졌다. 혹시라도 무리를 할까 봐. 머리카락 속에 숨은 잠을 찾아내 주려는 것처럼. 미주는 눈을 감고 중얼거리듯이 말했다.

"지붕 위로 별이 흐르는 소리 같은 게 들려. 정말 이곳으로 내려오길 잘했어. 건강해질 것 같아……. 승우 씨……."

"응?"

"아까…… 나 그네에 혼자 앉아 있으면서 아니 주미랑 함께 있으면서, 주미는 잠들었고……, 혼자 있으면서 예쁜 교실들을 바라보다가 내 초등학교 시절이 떠올랐어. 초등학교 1학년 때의 일 말이야."

"그래?"

"응. 내가 다녔던 초등학교는 역사가 오래됐거든. 담쟁이덩굴이 건물 벽을 뒤덮고 등나무가, 무지무지하게 큰 등나무들이 만든 그늘이 여름이면 운동장을 빙 돌아가며 가득했었어."

"……."

"……근데, 내가 처음 울었던 날이 불현듯…… 떠올랐어."

"왜 울었어?"

"교실이 낡았거든. 특히…… 나무 마룻바닥이 그랬어. 1학년 애들이 걸어다녀도 곳곳이 삐걱대고 그랬으니까. 교실 구석에 필통보다 더 크게 뚫린 구멍이 있었어. 나왕목이었을 거야. 틈도 여기저기 벌어져서, 연필이며 지우개, 책받침 같은 것도 그 사이로 굴러 떨어질 정도였어. 내 짝은 좀 퉁퉁하고 눈 꼬리가 사납게 올라간 사내 녀석이었는데, 이 녀석이 글쎄……! 그때 내가 제일 아끼는 인형을 학교에 가지고 갔었거든. 흑단의 머리카락과 까만 머루눈의 20센티미터 정도 크기의 주단 인형이었어. 내가 매일같이 놀고 잠도 한 이불에서 자던……. 이름이 제니였어. 동양 인형한테 제니라고 이름붙였으니 좀 우습다……. 그땐 그렇게 부르는 게 멋이었던 것 같아."

"미주야. 잠이 오면 그만 말해도 돼."

"아직 덜 왔어. 교문 바깥에서 들어오지도 않고 서성거리는걸.

……아무튼, 그 짝꿍 녀석이 그처럼 애지중지하는 내 인형을 낚아채서는 필통도 떨어뜨릴 수 있는 그 구멍 속으로 우겨 밀어 넣어 버리더라고. 뭐…… 뭐 그런 고약한 녀석이 있었나 몰라. 아무 이유도 없이 다짜고짜로……. 난 비명을 지르며 주저앉아 울었고 한참 울다가 구멍 있는 데 가서 들여다봤어. 마룻바닥 밑이 꽤나 깊더라고. 처음엔 잘 안 보였는데 그 밑에 고인 어둠이 익자 내 인형이 희끗하게 시커먼 흙 위에 누워 있는 게 보이는 거야. 플라스틱 필통과 연필, 노트 같은 잡동사니 같은 것도 보이고. 난 손을 간신히 집어 넣었지만 닿지가 않았어. 그래서…… 그래서 또 울었지. 그렇게 울고 있으니까 다른 사내애가 오더니 인형을 꺼낼 큰 구멍이 있다며 가르쳐 주겠다는 거야. 난 따라갔지. 교실 뒤편 아래에 난 마룻바닥으로 통하는 개구멍들이 검은 네모 박스 크기로 뚫려 있더라고. 세 번째 구멍을 통해 한 3미터 저쪽에 누워 있는 내 인형을 보았어. 사내애는 이미 가 버렸고. 개처럼 기어 들어가야 하는데…… 난 도저히 그 속으로 들어갈 용기가 안 났어. 왜냐하면 그곳은 너무나 어둡고, 음습하고, 먼지가 가득하고, 거미줄이 가득 쳐져 있고, 그리고 ……결정적인 건 쥐들이, 엄청 큰 쥐 한 마리가 돌아다니고 있었어……."

승우는 가볍게 한숨을 쉬었다.

"인형을 못 꺼냈겠구나?"

"응. 분명히 내 몸 크기는 구멍으로 들어갈 수 있었는데……. 내가 제일 좋아하는 인형이 한 3미터 저쪽에, 시커먼 흙바닥에 누워 있었는데…… 난 용기를 내지 못했던 거야. 그래서……
그래서…… 나는 해가 저물도록 그 구멍을 지켜보며 울었어. 내
인형을 저 시커먼 곳에 무섭게 놔두고 집에 가려니까 도무지 발
이 안 떨어지고…… 무지 슬프고…… 무지 내가 싫었어. 인형
이 집으로 가려는 나에게 '너…… 혼자만 집에 가니? 나를 구해
줘!' 하고 계속해서 말하는 것 같았거든."

미주의 뺨에 한 줄기 눈물이 흘러내렸다.

"그래서…… 내가 구하지 못한 인형이 마룻바닥 밑에 누워 쥐
에게 물리고 더럽혀져 가는 그 교실을 1년 동안 드나들면서 나는
매일 지옥에 다니는 것 같았어. 그때는 그냥 싫었지만 지금 생각
하니까 그건 분명히 자책감이었어. 인형을 구할 사람은…… 나
밖에 없었거든. ……승우 씨, 내 말 이해해?"

"그래…… 그만 자."

"잘 거야. 이젠…… 잠이…… 와. 하지만 난 두 번 다시 그런
실수는 하지 않을 거야. 캄캄한 곳에 누군가를 혼자 놓아두고 자
기만 따스한 불빛이 걸려 있는 집으로 돌아가는 짓 같은 것은 절
대로 하지 않을 거야. 그런 점에서 주미는…… 안심해도 좋아.
주……미는 나와 함께 반드시 집으로 가 있을 거……야……."

미주는 더 이상 말이 없었다.

승우는 미주의 뺨에 흐른 눈물을 닦아 주었다. 그리고 미주의
뺨에 자신의 뺨을 붙이고 팔로 싸안았다.

미주와 함께하는 시간의 소중함. 슬프지만 영혼이 깨끗해지는

이런 시간들 속에 미주와 영원히 함께할 수 있다면. 승우는 혼자서 중얼거리듯이 자장가처럼 미주의 귀에, 자신의 마음에 입술을 달싹거려 노래를 속삭였다.

내 눈빛이 등불처럼 걸린 아래에서 미주야, 주미야, 평화롭게 잠들렴. 내 눈은 새벽까지 타오를 수 있어. 이렇게 바라볼 수만 있어도 좋은데. 그저 옆에서 영원히 바라볼 수만 있어도.

"If I could saved time in a bottle, The first seen that I'd like to do, is to save everyday till enough passes a way just to spent them with you……."

팝송의 장점 중의 하나는 그 노래에 담긴 의미를 아는 사람이 듣는 사람에게 자기의 마음을 조금은 숨길 수 있다는 것이다. 팝 음악과 해석에 정통하지 않고서는 멜로디에 흐르는 가사 내용을 다 알아듣긴 힘들 테니까. 미주의 귀에 대고 부르는 승우도 그랬다.

사랑하는 사람과 영원히 함께하고 싶다는, 속절없는 시간의 흐름을 어떻게든 붙잡아 보고 싶어하는 안타까운 마음이 담긴 애절한 노래였다.

우리가 어느 별에서

우리가 어느 별에서 만났기에
이토록 서로 그리워하느냐.
우리가 어느 별에서 그리워하였기에
이토록 서로 사랑하고 있느냐

우리가 어느 별에서 헤어졌기에
이토록 서로 별빛마다 빛나느냐.
우리가 어느 별에서 잠들었기에
이토록 새벽을 흔들어 깨우느냐.
―정호승의 〈우리가 어느 별에서〉 중에서

은행나무 아래에서의 댄싱

1998년 10월 23일

늦가을비가 지지난 밤부터 이틀간이나 내렸다. 강원도의 산들은 온통 단풍으로 불타 오르다가 추적거리는 가을비에 기세가 꺾여 비안개를 두르고 엎드려 있었다. 화단에도 닭의 볏처럼 짙붉은 가을꽃들이 뜨거운 잎빛깔을 빗물 세례로 연단하고 있었다. 그 꽃들의 꿈은 필경 불꽃이 되는 것일 게다.

오전에 미주는 누워서 링거 한 병을 맞았다. 내려온 지 일주일 동안 세 병을 맞았는데 승우는 이번에 처음으로 단 한 번에 바늘을 미주의 혈관 속에 집어넣었다. 어제 저녁에는 미음을 구역질을 하면서도 잘 참고 반 그릇쯤 먹었는데, 오늘은 야채죽을 한 숟갈 입안으로 밀어 넣다가 그대로 토해 버렸다. 당근, 오이, 사과, 키위를 한 쪽씩 넣고 믹서에 간 즙도 미주는 겨우 한 모금 마시고는 손사래를 치며 드러누워 버렸다.

사흘 전, 황금빛 은행나무 밑 노란 잎이 수북이 깔린 원형 무대에서 미주와 승우는 춤을 추었다.

연못 바위에 얹어 놓은 턴테이블에서는 미주가 고른 감미롭기 그지없는 멜로디와 목소리가 흘러 나왔다. 밟히는 노란 은행잎의 감촉, 쓸리는 소리. 거대한 은행나무가 그들을 내려다보고 있었다. 황금 벌판에서 넘어온 바람과 바다에서 불어온 바람이 서로 춤을 추듯 유려한 곡선을 그리며 그들의 주위를 날아다녔다.

부드럽게 스텝을 밟으며 미주는 얼마나 행복했던지. 승우가 미주의 귀에 뭐라고 속삭이면 미주는 깔깔깔 웃어대기까지 했다. 신선한 아침 빛이 그들을 감쌌다.

개량 한복이 익숙해졌다. 쪽빛을 입은 승우와 황톳빛을 입은 미주의 모습은 그 공간과 자연스레 어울렸다. 겨드랑이와 다리 사이가 여유가 있거나 트여 있어서 아주 편했다. 미주와 승우는 도예실 문을 열고 들어갔다. 오랫동안 잠든 공기가 반짝 눈을 뜨는 것 같았다. 미주는 창문을 열어 공기를 환기시키고 도자기가 담고 있는 청아한 빛깔, 갖가지 그릇들과 작품들, 구운 흙인형, 장식품들을 둘러본 후 팔을 걷어붙였다.

"드디어 솜씨를 발휘할 때가 됐군."

"물레를 돌리려고? 힘들 텐데."

미주는 흙물 튀는 것을 막는 커다란 앞치마를 했다.

"천만에. 전기 물레라서 발판을 밟아 주기만 하면 저절로 돌아가. 완급도 조절할 수 있고. 그냥 물칠한 흙을 보듬거나 쥐고 있기만 하면 저절로 빚어져."

"설마…… 네가 그 경지에 갔다는 것은 아닐 테지?"

"누가 더 잘 만드나 시합해."

"좋아. 해 보자구."

승우는 전기 플러그를 꽂는 미주 옆에 알맞은 습도를 유지하고 있는 비닐에 싸여진 흙 한 덩어리를 가져다주었다. 비닐을 까 놓고 한 양동이 물을 날라다 준 뒤 자신의 것을 챙겼다.

생각 같아서는 미주가 은행나무 옆 벤치에 앉아 있거나 벽에 기대 있거나 누워 있었으면 했다. 음식을 조금, 그것도 겨우 먹고는 저렇게 한다는 게 마음에 걸려서였다. 자신이 미주 곁에 앉아 재미있는 소설책을 읽어 주거나 턴테이블을 돌려 주는 게 더 나을 성싶었다. 하지만 미주는 도자기 빚는 것을 단단히 벼러 온 모양으로 굳이 만들려고 했다. 그리 힘들지 않다면서.

흙을 한 뭉치 떼어 낸 미주는 물레 위에 올려 놓고 찰진 흙덩어리에 물을 듬뿍 발랐다. 그리고 두 손으로 감싸더니 발판을 밟았다. 기이이잉 소리를 내며 물레가 돌기 시작했다.

승우는 미주가 하는 것을 지켜보며 그대로 따라했다. 생각보다

쉽지 않았다. 흙의 성질이 손바닥에 익지 않은 탓일 터였다. 흙덩어리를 감싸쥔 손의 힘이나, 발판을 눌러 회전의 완급 속도를 조절하는 것도 제대로 되지 않았다.

"매끄러운 흙 감촉이 좋지?"

"그래, 근데 이 흙 가지고 머드팩도 할 수 있나?"

"이건 서울에서 가져 오는 공장 흙이라고 하더라. 여러 가지를 섞어 만든 거래. 아무래도 머드팩은 곤란할 거야. 왜?"

"미주 너 해 주려고 그러지. 피부가 까칠하잖아. 좀 검어지기도 했고."

"쯧쯧…… 모습은 도공 저리 가란데! 좀 심각하게 해 봐. 이건 예술이잖아. 도예가들처럼 마음과 혼을 불어넣어 만들어 봐."

미주가 가볍게 면박을 주자 승우는 나름대로 집중했다. 그러나 아무리 해도 제대로 되지 않았다. 브라운관을 보면 물레가 돌아가면서 도공이 부드럽게 흙을 감싸쥐면 금방 마법처럼 항아리 모양과 청자 모양이 유려한 볼륨으로 키를 키워 완성되지 않던가.

그런데 조금만 올라갔다 싶으면 삐뚤삐뚤해지거나 한쪽으로 픽 쓰러졌다. 특히 손가락을 넣어 안쪽을 파내려 갈 때는 두께를 조절하지 못해 한쪽이 터지기 일쑤였다. 확실히 시간과 정성, 재능이 가미된 숙련된 기술이 필요한 일이었다.

"발판을 꽉 밟으면 안 돼. 고속 회전은 그만큼의 숙달과 감각이 필요하니까."

"어이구, 무슨 도예 선생님 같아요!"

"지난번에 승우 씨가 주철 선배랑 릴낚시 갔을 때 경희 선배한테 배운 거야. 봐, 난 웬만큼 해내잖아."

그랬다. 미주는 어느 새 두 개의 찻잔을 만들고 있었다. 가는 철사로 만들어진, 흙을 잘라 내는 기구로 원판에 붙은 찻잔 모양의 밑바닥을 당겨 자르고는 살짝 감아쥐듯 두 손으로 받쳐 말릴 때 쓰는 나무판 위에 올려 놓았다. 미주는 엄숙해 보였다.

"몇 개 만들 건데?"

"세 개 만들 거야. 승우 씨와 나, 그리고 우리 주미 거."

"애기도 커피 마시나?"

"바보! 우유나 주스 마시면 되지."

"핫, 그렇군."

"잘 안 돼?"

"응. 난 포기해야겠어. 도예 하면 꼭 도(道)를 닦는 선인들이 하는 예(藝)의 경지 같단 말이야. 아무래도 난 범인(凡人) 쪽에 만족해야 할 것 같아."

"첨엔 나도 그랬는걸 뭐."

소득 없이 흙물만 잔뜩 묻힌 앞치마를 쓰고 앉아 승우는 미주가 물레를 돌리는 것을 가만히 바라보았다. 그녀는 아주 조심스럽게 흙을 만졌다. 발판도 살짝 밟았다가 떼고, 밟았다가 떼고를 반복했다. 아주 집중한 모습이었다. 어떤 생각이 떠올라 승우는 미소를 머금었다.

"미주, 너 그러고 있으니까 꼭 데미 무어 같다?"

"응? 뭐……어?"

"영화 〈사랑과 영혼〉에서 데미 무어가 너처럼 물레를 돌리며 도자기를 빚었잖아."

"아하…… 그래, 그랬지. 패트릭 스웨이지가 함께 나왔어."

승우는 소리 없이 걸어서 미주 뒤에 가 섰다. 그리고 미주의 어깨 너머에서 두 손을 뻗어 돌아가는 흙을 쥐고 있는 미주의 손을 살포시 감싸쥐었다.

"어머머, 뭐야? ……망치잖아!"

"난 패트릭 스웨이지야. 넌 데미 무어고."

"……흐응? 그럼, 자긴 웃통부터 벗어야겠네. 그런데 그 남자의 튼실한 가슴팍 필이 승우 씨한테서 날랑가 모르겠네?"

"그럼 나도 벗을까? 좀 추울 것 같은데!"

"에구구, 무슨 말을 못해요!"

미주는 손바닥에 물칠을 하더니 망가진 흙덩이를 다시 감아 올렸다. 승우는 옆에 앉아 가볍게 탄성을 지르며 살아 있는 생물처럼 스스로를 빚는 것 같은 진흙을 바라보았다.

"……승우 씨!"

"응?"

"다시 한 번 그렇게 해 줘 볼래?"

"응? 어떻게?"

"패트릭 스웨이지처럼!"

"망친다며?"

"괜찮아!"

"나야, 좋지. 얼마든지. 널 뒤에서 껴안을 수 있으니까."

승우는 다시 미주 뒤로 가 흙칠이 된 미주의 손을 부드럽게 감싸쥐었다. 미주의 속눈썹이 파르르 떨렸다.

정말 그렇게 됐으면 싶었다. 그 영화처럼, 승우를 너무나 사랑하기에 죽은 뒤에 영혼이라도 되어 잠시 그의 곁에 와서 머물렀으면 싶었다. 〈사랑과 영혼〉에서 그게 가능했던 것은 바로 그 물레질 한 장면 때문이라고 여겨졌다.

흙은 모든 것이다. 삶과 죽음, 씨앗과 생명, 거름, 태고의 고향, 원형질이 모두 흙 속에 녹아 있다. 그 흙을 빚는 동안 사랑하는 두 사람의 에너지가 흙을 통해 연결되었으리라. 그래서 죽어서도 잠시였지만 그 영혼이 연인을 지켜볼 수 있었던 게 아닐까.

"기분 좋아?"

"응."

"당신이 뒤에서 감싸고 당신 손이 나와 함께하니까 나는 우리 아기를 만지는 촉감이야. 한없이 부드럽고 매끄러워. 우리 주미의 살결은 이럴 거야."

"근데…… 나, 좀 허리 아프다!"

"됐어. 고마워!"

승우는 다시 미주 옆에 앉았다.

"무슨 생각했는데?"

"그냥……."

승우는 만들어진 두 개의 흙잔을 내려다보았다. 투박했고 크기가 일정하지 않았다. 하지만 잔으로 쓸 수 있을 만했다.

"이거 다 된 거니?"

"아니, 조금 마른 뒤에 손잡이 꼭지를 말아 붙여야지."

미주는 계속 물레를 돌렸다. 세 번째 잔은 좀더 정성을 들여서 만들어야지. 우리 주미 거니까. 예쁘게, 두께도 일정하고 가능한 한 가늘게, 깜찍하게. 좀 작아도 되겠지? 어린아이가 드는 게 무거우면 안 되니까.

미주는 흙을 만지는 촉감이 무엇보다 좋았다. 태초에 신도 이런 느낌 때문에 진흙으로 인간을 빚었던 게 아닐까. 이 흙의 촉감이 인간의 오감으로 다 살아났으리라.

승우는 열린 창문의 창턱에 팔꿈치를 대고 턱을 받쳤다.

"날씨 참 좋다. 단풍이 한창이라던데 우리도 단풍 구경해야 하지 않겠어?"

"어디 갈 건데?"

"설악산도 가깝고 오대산도 가깝고, 소금강 계곡 단풍도 기막히다던데?"

"그럼 가야지!"

"언제?"

"글쎄…… 가까운 날에 가야겠지."

미주는 학교 안에 있는 은행나무와 단풍나무로도 단풍 구경은 충분했다. 하지만 아름다운 것을 보여 주려는 승우의 마음도 이해가 되었다. 나무 생각을 하니까 떠오르는 게 있었다.

"승우 씨, 그때 그 나무 말이야?"

"응? 무슨 나무?"

"안목바다 해송(海松)!"

"으응, 근데?"

"무슨 맘으로 그렇게 나무껍질을 벗겨 내고 새겼던 거야? 힘들지 않았어?"

"조각도도 아니고 과도로 팠는데 안 힘들었겠어? 더구나 한 손으로는 플래시를 비춰 가면서 새벽 넘어서까지. 너랑 함께 살지 않으면 죽을 것 같아서 맹세하듯이 팠어. 참 열심이었지. 근데 갑자기 그건 왜?"

"궁금했어. 나무에 이름과 글씨를 새기는 사람들 마음은 어떤가 하고."

"응?"

"킥킥킥, 좀 몰상식하잖아. 나무가 아플 것 같기도 하고."

"그렇긴 하지만 그거 반드시 그렇게만 볼 건 아냐 브라질인지 페루인지, 아무튼 그쪽 나라 한 지방에서는 아이가 출생하거나 사랑하는 사람이 생기면 나무에 이름을 새겨 넣는대. 자기 나무가 한 그루씩 있고, 그 나무가 사랑을 이어준다고 믿기 때문이지. 그리고 사는 동안 기쁘거나 슬픈 일이 있으면 그 나무를 찾아가는 거야. 나무는 변함없이 한 자리에서 기다려 주니까. 난 그것을 유치한 짓이나 자연 훼손 같은 가치 척도로 재고 싶지 않아. 한 인간의 삶과 한 나무가 그처럼 합일된 경우도 또 없을 테니까. 또 그만큼 그 나무와 다른 나무를 보는 각도가 다를 것은 당연하고. 이를테면 영혼을 위한 거라고도 볼 수 있어. 나무가 자신의 영혼을 지켜 주고 언제까지 오래도록 푸르게 해 준다는 것이지."

"그렇구나. 난 그런 건 전혀 몰랐었지."

"밑둥치 지름이 40센티미터 이상 되는 나무에겐 심각한 해는 전혀 입히지 않아. 핑계 같지만 내 해송은 아마 문신쯤으로 알 걸. 병충과 해충들조차 그 문신을 보고 겁이 나서 달려들지 못할 거야. 남자들은 문신에 관심이 많아. 그건 바로 열망을 뜻하는 거니까. 어쨌든 그 나무는 내가 새긴 사랑의 징표를 가지고 있어. 내가 혼자서 너를 생각하고 기다리는 동안 그 나무가 내게 많은 힘을 줬다는 걸 넌 모를 거야. 난 언제나 그 나무를 생각했고, 그날 밤 우리의 첫 키스를 생각했고, 내 맹세를 생각했거든. 나무가 쓰러지지 않는 이상 미주 너를 향한 내 사랑도 쓰러지지 않는다, 하는. 인간의 의지는 사실 나무의 굳건함에는 비교가 안 되니까."

미주는 살풋 미소를 머금으며 고개를 끄덕였다.

"나무가 커지고 굵어지면서 그 상처 같은 글씨들도 점점 더 커져. 자라는 거지. 상처와 맹세가 흐려지거나 지워지지 않고 함께 자란다는 게 깊이 생각하게 만들잖아. 다 된 거야?"

"응. 우리 주미 거!"

"야아, 젤 예쁘다. 주세요. 잘 말려야지."

"어머! 창턱에 놓으면 어떡해. 모든 흙은 음지에서 말려야 돼. 아주 천천히."

"아, 그렇군!"

"다음에는 막흙을 가지고 인형을 만들 거야. 우리 가족 인형도 만들고, 주미 방에 놓을 예쁜 인형들도……."

미주는 문득 말을 끊고 승우를 향해 돌아앉았다.

"승우 씨…… 있지!"

"뭔데?"

미주의 눈빛은 차분해져 있었다.

"어떤 날…… 어느 날 말이야. 승우 씨 혼자 서 있는데…… 갑자기 바람이 불어와 승우 씨 앞 머리카락을 흐트려 놓거나……. 그래, 어느 순간 공기 속에서 국화 향이 나면 내가 승우 씨 옆에 와 있다고 생각해 줘."

"……무슨 뜻이야?"

"그냥, 그냥 하는 말이야. 그래서 내가 근처에 있다는 걸 알았다면 눈을 감고 손을 펴서 가만히 앞을 향해 뻗어 봐. 그러면 뭔가 느껴질 거야. 내가 승우 씨 손에 뺨을 대고 있을 테니까. 온기든 서늘한 감촉이든 틀림없이 느껴질 거야. 우리는 함께 도자기를 만들었으니까 틀림없이 가능할 거야. 그들처럼."

"미…… 미주야……!"

미주의 상태가 갑자기 나빠졌다. 모든 곡식과 꽃씨를 여물고 마지막 성숙을 시키는 햇빛 대신 가을비가 추적거리며 내리고 있기 때문인지도 몰랐다. 승우는 미주를 방으로 옮기고 맥박을 쟀다. 평균보다 10여 회가 느렸다. 체온은 1도 가량 올라가 있었다. 승우는 힘없이 누워 있는 미주의 해쓱한 이마 위에 손을 얹었다.

"병원에 갈까?"

"무…… 무슨! 병원 사람들이 승우 씨만큼 노련하게 처치해 줄 수 있겠어?"

"그래도…… 어제 저녁부터는 한 모금도 삼키지 못했잖아. 벌써 약도 두 번이나 먹었고. 고열이 오를 수도 있어. 해열제도 먹었는데 열이 안 내리잖아. 먹은 게 없어서 체력을 받치지 못하는 거야. 미주야, 병원에 가자."

"풋! 승우 씨 겁쟁이구나. 좋은 간호사 되긴 틀렸어. 병원에 가도 지금처럼 링거 꽂는 게 전부일걸?"

"……."

"괜찮아. 습기 때문일 거야. 보일러를 돌려서 방바닥이 따뜻해지니까 좀 몸이 풀리는 것 같아. 염려하지 마. 승우 씨 내가 너무 자기 말 안 듣는다고 야속하게 생각하면 안 된다. 난…… 정말 여기가 좋아. 다른 사람들에게 방해받지 않고 승우 씨만을 보고 승우 씨와 함께 지낼 수 있으니까. 그래서 정말 여기가 좋아."

그러다가 미주는 갑자기 고개를 돌리더니 구토를 했다. 동통이 시작되었는지 얼굴빛이 순식간에 새파랗게 변했다. 미주 본인보다도 승우가 훨씬 당황했다. 정란 선배, 아니 며칠 전 전화로 인사를 나눴던 현대병원의 박민식 의사에게 전화를 넣을까 싶어 황급히 무릎걸음으로 전화기 가까이 다가갔다.

조금 전 미주는 진통제를 세 알이나 먹었다. 미주는 영양제라고 했지만 그건 눈 가리고 아웅 하는 것일 뿐, 승우도 그게 암세포가 날뛸 때 잠재우는 약이라는 것을 알고 있었다. 하지만 이처럼 얼마 안 된 시간에 동통이 다시 찾아왔다면 이젠 더 이상 진통제가 먹히지 않는다는 증거였다.

"…… 승우 씨! 나…… 나, 주사……, 주사 한 대 놓아 줘!"

"응, 응? 응? 무…… 무슨?"

"모…… 모르핀 말이야. 너무, 너무 아파! ……난 참아 낼 수 있을 것 같은데 아기, ……우리 아기가 너무 힘들어 할…… 것 같아!"

모르핀, 모르……핀! 그 얘기를 내뱉은 미주도, 그리고 승우도 잠시 당혹해했다. 모르핀을 써야 할 정도라면 중병임을 두 사람 다 상대에게 서로 시인하는 것이기 때문이었다.

승우의 얼굴도 새하얗게 탈색되었다. 그는 허둥거리는 몸짓으로 일어나 벽장을 열고 1회용 주사기와 모르핀 앰풀을 꺼냈다. 앰풀 꼭대기를 뚝 분질러 내고 떨리는 손으로 주사액을 담았다. 조금 눌러 공기를 빼낸 다음 착잡하기 그지없는 얼굴로 승우는 미주의 손등을 소독수를 묻힌 탈지면으로 문질렀다.

효과를 빨리 전달시키려면 정맥 주사를 놓아야 했다. 승우는 미간을 찌푸리며 입술을 질끈 깨물었다. 그리고 신음을 흘리고 있는 미주의 얼굴을 한번 쳐다보고는 용케 단 한 번에 손등의 푸른 힘줄 속으로 주사 바늘을 밀어 넣고 손잡이를 눌렀다.

역시 효과는 빨랐다. 미주는 위 부위의 배를 싸안고 몇 번 뒤척이다 가는 숨을 내쉬며 천천히 자세를 바로잡았다.

"괜……찮아?"

"휴우…… 으응, ……고마워!"

미주는 그를 똑바로 보기 민망한지 고개를 돌렸다. 승우는 주사기며 사용한 앰풀, 한 번도 떠먹지 못한 죽그릇 같은 것을 치우기 위해 밖으로 가지고 나갔다. 그리고 쓰레기통에 버릴 것은 버리고 수돗물을 크게 틀어놓고 그릇들을 씻었다.

입술을 깨물고 울음을 삼키느라 승우의 어깨는 격하게 떨렸다. 그러나 콸콸 넘치며 그릇에서 되튀겨 흐르는 물소리와 추적거리는 빗줄기 소리만 날 뿐이었다. 절대로 약한 모습을 보이지 않겠다고 스스로에게 얼마나 다짐을 했던가.

이제 모르핀을 사용했으니 미주나 자신이나 암에 대해 인정했다고 할 수 있었다. 애써 감춰 온 여유가 바닥난 것이다. 상황은 달라질 것이었다. 모르핀 양도 점점 더 많아질 것이고, 미주에 대해선 하루도 마음놓을 수 없는 생활이 본격적으로 시작된 거나 마찬가지였다.

마음속으로 떨어지는 비. 추적거리는 비. 그들의 작은 세계는 흐르는 것들로만 가득 찼다. 1998년 10월 말은 본격적으로 전쟁을 준비하는 두 병사의 심정으로 그렇게, 젖은 군화를 신은 보병의 발자국처럼 뚜벅뚜벅 지나갔다.

흰 비단 속의 밤

하얀 비단으로 둘러싸인
이 밤들은 절대 지새는 일이 없죠.
내가 썼던 편지들은
어디에 보내려고 한 것이 아니고요.
아름다움, 그것을 나는 전에는
두 눈을 뜨고도 지나쳐 버렸지요.
더 이상 난 말할 수 없어요,
무엇이 바로 진실인지를.
왜냐하면 당신을 사랑하기 때문이죠.
그래요, 나는 당신을 사랑해요.
아 내가 얼마나 당신을 사랑하는지요.
서로서로 손을 잡고 있는 사람들을 바라봅니다.
내가 어떤 것을 겪고 있는지 그들은 모른답니다.
어떤 사람들은 내게 자신들도 지킬 수 없으면서
여러 가지 의견들을 말해 주려 하죠.
바라는 바가 무엇이든지 당신은 언제나
그 마지막에 있을 거예요.
나는 당신을 사랑해요.
그래요, 나는 당신을 사랑해요.
아 얼마나 당신을 사랑하는지요.
—Nights In White Satin

무디 블루스의 노래로, 승우가 미주를 목욕시키던 시간, FM 라디오에서 흘러 나왔던 곡.

전투

1998년 11월 23일

미주는 작은 모포로 무릎과 배를 덮은 채 휠체어에 앉아 있었다. 승우는 운동장 한 쪽에 서 있는 농구대에서, 미주가 지켜보는 가운데 혼자서 농구를 하고 있었다. 미주가 농구하는 모습을 보여 달라고 떼를 썼기 때문이었다.

미주는 골대 속으로 공이 미끄러지듯 들어가자, 손뼉을 치며 화이팅! 가볍게 소리까지 질러댔다. 남자가 운동하는 모습처럼 보기 좋은 것도 드물다고 미주는 생각했다. 탄력이 살아나는 근육, 경쾌한 몸짓, 순간순간 살아나는 천진난만한 소년 같은 표정. 훤칠한 키 때문인지 농구공을 던지는 승우의 포즈는 농구대와 너무나 잘 어울렸다.

미주의 얼굴은 야윌 대로 야위었다. 모포 바깥으로 내놓은 미주의 팔은 삭정이처럼 가늘었다. 참기 힘든 기나긴 전투 중에 잠시 휴식을 맞고 있는 듯했다.

11월에 들어서면서 전신을 찍어누르거나 창자를 시퍼런 낫으로 끊어내는 듯한 고통은 수시로 찾아들었다. 많은 날은 하루에 네 번까지 찾아온 적도 있었다. 승우가 떠먹여 주는 멀건 미음을 겨우 한 모금 삼켜 내다가, 간신히 몸을 추스려 화장실 쪽으로 기어가려다가, 우물 속을 들여다보다가, 그리고 얕기 그지없는 잠을 자다가.

보이는 적이라면 얼마나 좋을까. 눈앞에 있다면 그 어떤 것도 이것만큼 두렵거나 섬뜩하지는 않을 것이다. 그 녀석의 횡포는 무례하기 짝이 없고 정해진 시간이 없었으며 강도도 제멋대로였다. 몸 속에 있어서 절대로 도망가지 않고 누구의 간섭도 제지도 받지 않는 적, 어떤 것으로도 위협받지 않는 적, 그래서 놈은 빠르게 자신의 영토를 확장시켜 나가고 있었다. 몸의 세포와 장기들을 하나하나 장악해 가면서 녀석은 주인의 목숨을 멈춰 버리게 할 날을 용의주도하게 앞당기고 있는 것이다.

놈들은 이젠 진통제로는 끄떡도 하지 않았다. 잠시 주춤거리다가 곧장 안에서 날카로운 뿔로 몸 속 곳곳을 동시 다발적으로 찔러댔다. 그럴 때마다 미주는 숨도 쉬지 못했다. 숨을 쉬면 자신의 고통이 그대로 아기에게 전달될까 봐 우려해서였다. 하지만 숨을 쉬어야 태아의 뇌에 산소를 공급해 주기 때문에 간헐적으로 큰숨을 들이켜고, 이를 악물고 승우가 신속하게 조처해 주기만을 기다렸다.

사흘에 한 번씩은 끝도 없는 가수면 상태에 빠졌다. 승우는 영양 링거 병에 모르핀 열 개, 10cc를 주사해서 하루 종일 아주 천천히 미주의 몸 속에 투여했다. 그것은 미주에겐 휴식이었다. 그럴 때면 승우는 밤새 미주를 들여다보거나, 근육과 뼈가 저리다고 잠꼬대를 하는 그녀의 전신을 주물러 주며 밤을 보냈다. 낮과 밤, 특히 정적의 성채를 이루는 밤은 진지에 두 병사만이 남아 거대한 적의 습격을 초조하게 기다리며, 이를 악물고 필사적으로 싸우는 형국이었다.

미주는 상운 폐교 안을 승우와 자신만의 세계로 생각하는지 다른 사람의 입장을 허락하지 않았다. 정란이 몇 번이나 오겠다고 했지만 미주는 화를 내며 거절했다. 차로 30분 거리에 있는 현대병원 내과 전문의도 내방하길 원했으나 거절했다. 그것 때문에 미주와 승우는 다투기도 했다.

승우도 꺼칠하게 말랐다. 하지만 그는 자신의 입술로 보라색이 되어 버린, 그리고 열꽃으로 딱딱하게까지 느껴지는 미주의 입술을 축이고 촉촉하게 만드는 노력을 잊지 않았다.

미주는 아기를 위해 싸우고 있는 것이었다. 자신을 생각했다면 일찌감치 포기해 버렸을 것이다. 병원에서 침대를 차지하고 앉아 자신의 몸을 의사에게 맡겨 버렸을 것이다. 그러나 그것은 아기에게 치명적이라는 강박증을 미주는 가지고 있는 듯했다. 혼자 자신의 몸 속에서 왕성하게 크는 죽음의 그림자와 맞싸워 몸 안의 또 한 부위에서 자라는 생명을 지키려는 필사적인 의지. 그 의지가 자신과 태아를 잇고 있는 유일한 희망이라고 믿고 있는 것 같았다.

지난 주초에 승우는 현대병원으로 차를 몰고 가 정란이 소개한 내과의로부터 휠체어를 빌렸다. 미주가 모르핀을 맞고 잠든 시간에 잠깐 틈을 낸 것이어서 긴 이야기를 나눌 수는 없지만, 전문의는 승우의 얘기를 듣는 동안 시종일관 고개를 내둘렀다.

그런 식으로도 버틸 수 있구나! 그런 상태인데도 아기는 무사히 자라고 있단 말이지? 정말 무서운 정신력이군. 모성 본능이 그 힘의 원천이라고밖에 볼 수 없어, 하는 표정이었다.

전문의는 초췌한 승우의 성근 미소를 보고 고개를 무겁게 끄덕였다.

"정말 힘드시겠군요. 하지만 선생과 이미주 씨의 상황이 그리 현명한 건 아니라는 것쯤은 잘 아시죠? 지금까지는 운이 좋았다고 생각하시면 됩니다. 그렇게 두 분이 힘들게 하루하루를 싸웠는데 막판에 한꺼번에 무너질 가능성도 배제할 수 없습니다."

"……."

"하신 말씀을 종합해 볼 때 암 말기 증상일 가능성이 다분합니다. 악액질(惡液質)에 의해 체중이 뚜렷이 감소하는 게 그 징후죠. 아직 출혈은 없었습니까?"

"어…… 어떤?"

"위로든 아래로든 피를 쏟는 일은 없었느냐는 뜻입니다."

"없었습니다."

"그건 고무적이군요. 어쨌든 환자의 상태를 보고 진단해야겠지만 그다지 좋은 상황은 아닙니다. 암세포의 침윤과 전이가 심해지면 동통이 심해지죠. 좌골 신경과 뼈에까지 전이되면 모르핀으로도 잘 수습되지 않는 격심한 통증이 유발됩니다. …… 체중이 뚜렷하게 감소된다는 게 몹시 거슬리는군요. 영양 저하로 급격히 여위는 것은 말기 증세입니다. 출혈이나 소화관 협착 등이 더 심해질 텐데, 앞으로 문제군요."

"그…… 그러면?"

"…… 네, 말씀드리기 송구스럽지만 죽음이 그리 멀지 않았다는 것을 뜻합니다."

"……."

"제가 말씀드리고 싶은 건 선생께서 환자를 설득해서 하루라도 빨리 저희 병원에 입원시키라는 겁니다. 강제로라도요. 이젠 아기라도 살려야 하지 않겠습니까? 환자 본인도 그걸 제일 원해서 일을 이 지경까지 끌고 왔고요. 서울의 허 닥터와는 이틀에 한 번씩은 통화합니다. 정란 씨도 전전긍긍하고 있더군요. 저보고 뭘 어떻게든 해 보라는데 절친한 친구인 정란 씨와 남편인 선생도 못하고 있는 걸 제가 어떻게 할 수 있겠습니까. 듣자니 산달이 3월이라던데 그러면 7개월째 아닙니까? 흐으음, 그 정도라면……태아는 벌써 눈을 떴을 겁니다. 붉은 피부가 또렷하게 보이죠. 주름이 많아 노인처럼 보이지만 완전한 아기입니다. 키도 40센티미터 가까울 것이고 몸무게도 1,200그램 정도는 될 테니까요."

"선생님 말씀 잘 알아들었습니다. 제가 방도를 찾아보죠."

"네, 서두르셔야 합니다."

하지만 조심스럽게 꺼낸 승우의 권유에 미주는 아주 날카롭고 신경질적으로 반응했다. 그렇게 힘들면 자기 혼자 있을 테니 병원이든 서울이든 당장 가 버리라며 물건을 집어 던졌다. 비명 같은 소리도 질러댔다. 승우가 갑자기 차 트렁크에서 꺼낸 휠체어를 보고 미주의 심기가 상해 버려서인지도 몰랐다. 이젠 내가 저 쇠붙이에 올라앉아야만 움직이게 됐단 말이지. 승우 씨가 손을 잡아 주고 부축해 주면 아직 산책은 충분히 할 수 있는데. 나한테 단 한마디도 물어 보지도 않고 제멋대로 저런 걸 끌고 오고 야단이야. 보기 싫어. 당장 치워 버려!

승우는 미주가 휠체어를 보고 그렇게 화를 낼 줄은 전혀 예상하지 못했다. 닥터 박이 링거와 일회용 주사, 그리고 모르핀을 가지러 온 승우에게, 환자에게 조만간 휠체어가 필요할 것이니 빌려 갔다가 서울로 돌아갈 때 반납하라고 해서 가져 온 거였다.

미주의 눈에서는 분노의 서슬이 시퍼랬다. 그러나 미주는 이번

주부터 휠체어에 앉을 수밖에 없었다. 작아진 미주의 두 발과 가늘어진 다리는 몸체와 머리의 무게를 지탱하지 못해 잘 일어나지도 못했기 때문이다. 배만 민둥산만하게 부른, 가볍기 그지없는 미주를 안아 처음 휠체어에 내려놓았을 때 미주는 눈을 즈려 감고 깊은 한숨을 내쉬었다. 삶이 주는 모욕과 수모를 감당해 내려는 듯이.

미주는 금방 휠체어의 위력을 실감했다. 승우가 휠체어에 미주를 태우고 바닷가까지 산책길 삼아 나갔던 것이다. 파도가 넘실거리는 푸른 바다, 저 멀리 서 있는 희고 붉은 등대와 길다란 포구, 선착장 너머로 보이는 작은 도시의 건물과 수십 척의 어선들, 파도의 기울기로 넘어가는 작은 통통배들, 오와 열을 맞추어 떠 있는 해초류를 양식하는 희고 둥근 부표들, 그 위를 날아다니는 물새들, 작은 어촌에서 그물을 손질하는 장화 신은 아낙네들, 나무 어선에 페인트칠을 하는 늙수그레한 사내들, 해안 바위를 타고 올라가 릴낚시를 던지고 있는 낚시꾼들.

그것이 휠체어가 미주에게 안겨 준 생생한 삶의 풍경이었다. 차를 타고 유리창 안에서 보는 것과 한 발 한 발 사람의 발로 걸어서 오는 길과는 천지 차이가 났다.

미주는 휠체어를 혼자 밀며 텅 빈 운동장을 아주 천천히 돌아보기도 했다. 승우가 지켜보는 가운데서.

다리를 잃은 대신 둥근 쇠바퀴 다리를 얻은 미주는 그래서 지금 농구를 하고 있는 승우를 비교적 밝은 표정으로 지켜보고 있을 수 있었다. 미주는 자신의 전직이 영화 감독임을 잊지 않은 듯 양손 엄지와 검지손가락으로 6밀리 앵글을 만들어 승우의 모습을 이리저리 잡아 보기도 했다. 다시 영화를 찍을 수 있다면……. 미주의 얼굴에 한 줄기 스산함이 스쳐 지나갔다.

미주는 승우가 던지는 주황색 농구공이 마치 그들만의 세계에서 뜨는 태양인 듯 문득문득 황홀한 표정을 지으며 손뼉을 쳤다. 골을 넣을 때마다 치어걸처럼 두 팔을 뻗어 V자를 만들기도 하면서.

승우는 튀는 공을 따라가 잡고는 미주를 돌아보았다.

"이제 그만하자!"

"왜? 더 해!"

"많이 했잖아."

"그럼 자유투 열 개만 쏘아 봐. 여섯 개 이상 들어가면 그만해도 되고 그 아래면 다시 열 개를 쏴야 돼."

"이거 나 원 참, 무슨 농구 코치처럼 얘기하네."

"맞아. 바로 내가 지금 그 기분이야. 전번에 NBA 농구 보니까 휠체어에 앉아 지시를 내리는 감독도 있더라."

승우는 입맛을 다시며 자유투를 쏘는 지점에서 농구공을 머리 위로 두 손으로 받쳐들고는 농구 골대를 향해 던졌다.

"슈우웃! 고올……, 아니 노 고올! 이봐, 잘생긴 선수! 좀 잘해 봐! 벤치로 쫓겨나지 않으려면 정신 차리라고!"

놀랍게도 미주는 그렇게 먹는 것이 없어도 농담도 하고 제법 튼실한 소리도 쳤다. 승우는 그게 기뻤다. 승우는 공을 몇 번 튀기고는 신중하게 포즈를 잡아 던졌다. 공은 림에 맞은 다음 백보드에 튀어 다시 림 안으로 들어갈 듯하다가 바깥으로 새 버렸다.

"에이, 아깝다. 이봐, 김 선수! 왜 그래? 처음 자유투 던질 땐 슉슉 잘만 집어넣더니만?"

"글쎄요…… 코치가 미인이어서 그런지 정신 집중이 잘 안 되네요."

승우는 뒷머리를 긁적거렸다.

"미인? 미인이 운동 선수한테 골 넣어 주나? 엉? 정신 자세가 틀려먹었군. 선수가 연습 중에 여자 생각하면 퇴출감인 거 모르나? 좋아, 이제부터 골을 넣으면 이 미인 코치가 키스를 허락하겠다. 상이다. 그럼, 잘 넣을 수 있겠나?"

"물론입니다. 잘 할 수 있습니다!"

미주는 코치가 아니라 유격 훈련장의 조교처럼 말했고, 승우는 상체를 젖히고 배를 한껏 내밀며 군인처럼 우렁차게 말했다.

하지만 세 번째 던진 공 역시 빗나가고 말았다. 승우는 죽을 맛을 본 인상으로 공을 잡으러 뛰면서 얼차려라도 줄 미주의 목소리를 기대했다. 하지만 미주는 배를 싸안고, 갑자기 인상을 잔뜩 찌푸린 채 상체를 구부리고 있었다.

"미…… 미주야? 아프니?"

승우가 놀란 얼굴로 달려왔다.

"그…… 그게 아니고……."

미주는 참혹한 표정으로 울상을 지었다.

노 골인에 맞춰 우렁찬 기합을 토해 내려는데 힘이 아랫배에 실리자 그만 오줌이 새고 말았던 것이다. 휠체어 밑으로 오줌이 줄줄 흘러내리고 있었다. 마치 오줌 문을 열고 닫는 근육의 주름 끈이 풀려 버린 듯이.

승우가 고개를 갸웃거리자 미주는 씨익 웃었다. 찰나였다. 만약 승우가 웃었다거나 섣부른 위로를 했다면 미주는 모욕감을 참지 못했을 것이다. 승우가 당황해 하는 사이 미주는 재빨리 스스로 상황을 진압시켰다.

"아아, 기분이 좀 묘하네. 오줌 싸던 대여섯 살로 돌아간 느낌이야. 그렇게 나쁘지만은 않아."

"축축할 텐데…… 갈아입어야겠다."

승우는 휠체어 손잡이를 밀었다. 서로의 얼굴이 보이지 않았다. 미주는 참혹한 표정이었고 승우는 허탈한 얼굴이었다. 고장이 나고 있는 것이다. 몸 속의 조절 장치가 미주의 의지와 명령에 거역하면서 제멋대로 움직이는 것이다. 그렇지 않다면 미주가 그런 난처한 실수를 저지를 리가 없었다. 두 사람은 한동안 적당한 말을 찾지 못한 채 바퀴 구르는 소리만을 들었다.

갑자기 미주가 밝은 목소리로 앞을 보며 말했다.

"그러고 보니 이거 계시 아냐?"

"응?"

"계시가 틀림없어. 나…… 사실 요 며칠 전부터 몹시 목욕을 하고 싶었거든. 더운 물을 적셔서 짠 물수건으로 온몸을 닦아주는 것말고."

"그랬니? 그럼 얘길 해야지!"

"시켜 줄 거야?"

"물론이지. 미인 코치의 몸을 씻긴다는 건 선수로선 꿈도 꿀 수 없는 명예이고 황홀이지."

"역시 NBA에서 뛸 유망한 선수는 뭐가 달라도 달라."

"나, 절대 퇴출 안 시킬 거지?"

"그럼. 끝까지 내가 책임지고 널 데리고 다닐게. 안심해도 좋아."

"고마운 말씀! 근데 어쩨 좀 거꾸로 된 말 같다?"

그제야 눈길이 마주친 두 사람은 킥킥거렸다.

승우는 미주가 왜 병원을 싫어하는지 확연히 알 것 같았다. 병원에서는 이런 대화도, 이런 행동도 절대로 할 수 없을 것이다. 필요시에 요도에 관을 꽂을 테니 병원에선 오줌을 싸는 일은 없겠지만, 이런 실수를 삶의 아름다움으로 연결시킬 수는 도저히 없을 것이다.

미주가 생각하는 병원은 그랬다. 침울한 표정으로 딱딱한 의료 조치만 받는 곳. 오직 병에 찌들려 몸만 내맡기고 있을 뿐, 웃음도 삶도 없는 곳. 미주는 그런 시간이 너무나 아까웠다. 그렇게 마지막을 맞고 싶지 않았다. 살아 있는 한 끝까지 삶이고 싶었다. 뱃속의 아기도 그런 엄마를 응원하리란 것을 미주는 의심치 않았다. 그 어떤 이유로든 삶의 주연에서 조연으로 떨어지는 것, 능동적인 의지에서 수동적인 자세로 바뀌는 것, 그것은 정말로 참기 힘든, 더없이 어리석은 짓이었다.

관사 목욕탕을 쓸 수밖에 없었다. 여름이어서 우물 옆에서 물을 뒤집어쓴다면 얼마나 좋았을까. 승우는 물을 데우고, 혹시라도 미주가 감기에 걸릴까 싶어 기름 난로까지 찾아와서 목욕탕 실내를 따뜻하게 했다. 또 미주가 맨발로 걷다가 타일에서 미끄러질까 봐 바닥에 물에 적신 수건을 징검다리처럼 몇 장 깔았다.

보일러의 급탕 스위치를 눌러 따뜻한 물을 욕조에 충분히 받아 놓고, 가스레인지 위에도 물을 받은 커다란 용기를 올려 놓고 데웠다. 탱크에 기름이 그리 많이 남아 있지 않아 행여라도 목욕 도중에 보일러가 나갈 것을 우려해서였다.

관사 거실에 있는 오디오 채널을 FM 음악 방송에 맞춰 놓고 승우는 이제 준비 다 됐지, 하는 표정으로 둘러본 뒤 기숙사 방에 있는 미주를 데리러 갔다. 승우는 미주를 안아서 가고 싶었지만 소쿠리를 엎어놓은 듯 부풀어오른 배가 조심스러워서 휠체어에 태워 이동시켰다. 현관에서부터는 미주의 양 겨드랑이에 두 손을 끼워 부축해서는 목욕탕 안으로 들어갔다.

"실망하는 거 아니지? 목욕물에 향수나 장미 꽃잎은 못 뿌렸어. 찾아봐도 없더라."

"시골에서 그런 호사까지 바라면 되겠니? 아구…… 구구구 …… 너무 기분 좋다. 물 온도를 아주 잘 맞췄네. 매끄럽게 살갗에 딱 달라붙는 기분이야."

미주는 조심스럽게 욕조 속의 물에 몸을 담갔다. 실내는 수증기로 반쯤 찼다. 미주는 그게 다행스러웠다. 몸은 온통 비쩍 마르고 배만 불룩한, 외계인 같은 흉한 몰골을 사랑하는 사람에게 다 드러내지 않아도 되니까.

승우는 욕조에 걸터앉아 앙상하게 드러난 미주의 어깨에 물을 끼얹으며 매만졌다.

"잘 안 보이는걸? 수증기 좀 빼 줄까?"

"괜찮아. 꼭 안개꽃 속에서 목욕하는 것 같은데 뭘."

살아 있다는 게 정말 행복하다고 느끼는 것은, 가끔이지만 이런 순간이 있어서일 것이다. 부드럽고 따스한 물과 물방울, 손가락과 어깨를 타고 내리는 물줄기, 자신의 몸을 어루만지는 사랑하는 사람의 손길, 그 사람의 숨결, 바닥과 벽을 가볍게 치는 듯한 울림. 수증기가 오르면서 혈색이 없던 미주의 뺨과 귓불을 물들였다. 몸을 조금이라도 움직일 때마다 물의 갈래들이 온도에 따라, 힘의 파장 크기에 따라 미묘하게 살아 움직였다.

미주는 어깨와 가슴 밑을 만지다가 살갗을 뚫을 듯 치솟은 뼈가 만져지자 착잡해졌다. 어느 순간 몸에 와 닿는 승우의 손도 부담스러워졌다. 승우는 재빨리 선수를 쳤다.

"아하, 그렇군! 이제야 알았다."

"응? 승우 씨 뭐?"

"네 살들이 어디로 빠져 달아나나 했더니만 전부 다 배 있는 쪽으로 가서 숨어 있었구나. 남산을 만들려고 말이야."

"쉿!"

"응?"

"그런 일급 비밀을 함부로 발설하면 안 되지."

"그런가?"

"'나의 살이 모두 배 쪽으로 몰려간 까닭은?' '나의 배를 절대로 적들에게 알리지 마라!'는 얘기도 못 들었어? 유명한 얘기들인데. 아무튼 쥐도 새도 몰라야 돼."

"왜?"

"우리 주미가 내 살로 이불을 만들어 쓰고 꿈꾸고 있다는 것을 눈치채면 적들이 이불을 빼앗아가 버릴지도 모르니까."

"아니, 그럴 수가! 그런 심오한 뜻이?"

"흐응, 생명의 비밀 세계에 있는 초특급 비밀이지."

남들이 보았다면 욕실에서 장난치는 10대들처럼 보였을 것이다. 하지만 더 이상 망가질 수 없을 정도로 변해 버린 자신의 몸을 눈으로 확인하고, 사랑하는 남자에게까지 보여 줘야 하는 슬픔과 우울함을 기화시키는 데는 그런 농담과 킬킬거림밖에 없다는 것을 미주와 승우는 잘 알고 있었다.

승우는 미주의 머리부터 감겼다. 샴푸로 거품을 내서 머리카락을 비비고 두피를 부드럽게 마사지한 다음 새로 가져 온 물로 머리를 헹구었다. 승우의 이마에 땀이 송글송글 맺히고 가볍게 숨도 가빠 왔다.

"힘들지?"

"아니. 넌?"

"난 가만히 있기만 하는데 뭘."

"조금이라도 아픈 것 같으면 바로 얘기해."

"응."

미주는 승우에게 등을 맡기면서 저린 코끝을 손가락으로 눌렀다. 아프다는 거. 아프면 사람은 어려지고 싶은 걸까. 부모의 보호를 받던 어린 시절처럼 어리광을 부리고 싶게 되는 걸까. 그 단순함 속에 삶은 슬프고 아늑한 꿈과 순수를 숨겨 둔 것일까.

……승우랑 결혼하기로 마음먹었을 때 사실은 내가 이렇게 해 주고 싶었는데. 어리광부리는 이 사내를 목욕탕 속에 집어 넣고 등을 박박 밀고, 머리도 벅벅 감기고, 갑자기 차가운 물도 확 뒤집어씌우는 장난을 치면서 승우를 깨끗이 씻겨 주고 싶었는데. 정작 지금까지 한 번도 그러지 못하고, 이젠 그렇게 해 줄 가능성도 사라져 버렸는데, 내가 거꾸로 승우에게 어린 여자처럼 되어 버렸다니. 한 남자에게 편안한 잠과 휴식도 주지 못하는, 자신의 몸도 주체하지 못하는 여자.

미주의 눈에서 한 줄기 눈물이 흘렀지만 가득 찬 수증기 때문에 승우는 미처 알아채지 못했다. 승우는 그 사이 비누 거품을 낸 타월로 미주의 어깨를 문지르고 팔 구석구석을 밀었다.

"흐흐잇, 간지러워!"

"그래도 겨드랑이 벌려 봐!"

"부…… 부끄럽게 어떻게 겨드랑이를 벌려."

"헛, 또 왜 이러나? 내 말은 겨드랑이라고 겨드랑이! 팔을 조금만 위쪽으로…… 이렇게 쳐들면 되지?"

"읏키키!"

"읏키키?"

"자기 아직 몰랐어? 그쪽이 내겐 제일 민감한 성감대야. 자극하지 마."

"오호, 그랬어? 그럼, 더욱 가만둘 수 없지."

"읏캐캐캐…… 캐캐! 제발…… 제발 거긴 가만 둬. 내가…… 내가 할게. 승우 씬 잠시 쉬어."

"그러자. 어휴, 네가 물 속에서 망둥이처럼 펄쩍거리니까 내 힘이 달린다 달려."

"그렇지? 아직 나 힘 세지?"

미주가 발그스레해진 뺨으로 물기 젖은 입술을 쳐들자 갑자기 승우가 깊게 입술을 맞춰 왔다. 승우의 혀가 미주의 가지런한 치아를 훑고 혀끝을 감았다. 승우는 자신의 몸 속에 담긴 풍부한 시간을 넣으려는 듯 뜨거움을 미주의 입 속에 흘려 넣었다. 간절하게.

내 시간을 가져 가, 내 시간을 가져 가, 하고.

미주는 승우의 목을 깊게 끌어당기며 입술을 받아들였다.

승우는 퍼덕거렸다. 미주를 안고 싶은 건장한 남자의 강한 열망이었다. 그의 근육이 팽팽해졌다. 그들은 몇 개월 동안 부부 관계를 전혀 갖지 않았었다. 미주도 그를 안고 싶었다. 사랑하는 남자를 몸 깊이 들이고 다시는 빠져 나가지 못하게 가두고 싶었다. 하지만……. 그녀는 아득해졌다.

절망감이 비수처럼 가슴을 찔렀다. 자신이 건강한 여자라면 그를 받아들일 수 있을 것이다. 그의 몸을 뜨겁게 받아들여 그를 편안하고 달콤한 잠으로 끌어들일 수 있을 것이다. 하지만 미주는 그래서는 안 된다는 것을 알고 있었다. 자신에게도 무리가 따르고 아이에게도 돌이킬 수 없는 결과를 낳을 수도 있다는 것을.

"그…… 그만둬! 제…… 제발!"

미주는 와락 승우를 밀쳐냈다. 그녀의 눈빛에는 분노 같은 게 스며 있었다. 안타까움과 자신을 향해 치밀어 오르는 분노였다.

"미안해, 미주야. 미안해……. 네가 너무 예뻐 보여서!"

그 말은 자기가 해야 할 것이다. 미주는 재빨리 바가지에 물을 담아 주르르 머리 위로 쏟아 부었다. 눈물이 함께 가슴을 타고 흘러내렸다. 미주는 계속해서 머리 위로 물을 쏟아 부었다.

승우는 낭패스런 감정에 휩싸여 자신이 벌인 일을 어떻게 수습할까 전전긍긍하는 표정이었다.

"……말이지!"

"으응?"

"선수가 예쁜 코치를 목욕시켜 주는 것도 모자라서 다 가지려고 하는 건 엉큼 씨고 언감생심이야. 쯧, 주제를 알아야지! 무릇 멈춰 설 때를 알아야 한다 그 말씀이야."

"그래…… 그렇지. 바로 그거야."

"반성했으면 얼른 더운물을 날라 와. 맑은 물로 한 번 헹구고 목욕 끝낼 거니까."

승우는 허둥지둥 가스레인지 위에 있는 더운물을 가지러 갔다.

사실 미주는 말하는 것도 힘들었다. 하지만 힘든 내색을 해서 승우가 몹시 걱정스러워하는 얼굴을 보는 게 더 힘들고, 병원에 가자고 하는 게 너무나 싫어서 애써 안간힘을 쓰며 맞장구를 계속 쳤다. 그리고…… 일단 그런 기분에 잠기면 바닥 없는 늪으로 빠져 들게 될까 봐 무서웠다.

미주는 뜨거운 물을 양동이에 옮겨 담는 승우를 향해 애교 있게 으름장을 놓았다.

"한 번만 더 그랬단 봐라. 당장에 내쫓아 버릴 거야!"

오리온자리

1998년 12월 14일

미주는 직접 만들어서 말려 놓은 커피 잔 세 개와 흙인형을 로켓처럼 세워 놓은 고구마통 같은 초벌통에 넣고 구웠다. 물론 미주는 코트를 입고 모포를 두른 채 휠체어에 앉아 있었고 모든 것은 승우가 다 했다. 삼각 발판이 달린 초벌통은 내부가 4등분으로 나뉘어 있어, 높이가 각기 다른 인형을 크기별로 넣을 수 있었다.

흠이라면 넣을 게 별로 없다는 거였다. 세 개의 커피 잔은 두 번째 칸에, 인형은 세 번째 아래칸에 넣었다. 엄마 인형, 아빠 인형, 아기 인형. 물론 그건 미주가 뱃속의 아기에게 주는 선물이 될 터였다. 승우는 드럼통 위의 두껑을 열고 창고에서 왕겨 포대를 가지고 와 통째로 쏟아 부었다. 바짝 건조된 왕겨가 밑에서부터 차올랐다. 초벌통을 다 채우는 데 두 포대하고 반이 들었다. 맨 위의 짚 한 뭉치에 불을 붙여 넣고 두껑을 닫으면 그걸로 끝이었다.

왕겨는 열네 시간 정도 위에서 아래로 아주 천천히 타들어 간다고 했다. 아래에 불을 넣으면 삽시간이지만, 빼곡한 왕겨들 사이로 불이 천천히 내려가면서 타는 데는 그렇게 오랜 시간이 걸린다고 주철 선배가 말해 주었었다.

온도는 500도에서 600도 사이로 오른다. 그 정도의 온도면 인형을 단단히 굽는 데는 충분하다. 미주는 도자기 초벌구이에는 훨씬 더 고열이 필요하다는 정도밖에 몰랐다. 커피 잔도 잘 구워지면 분홍빛이나 담홍빛으로 제법 단단할 것이었다. 유약 처리를 하고 재벌을 하지 않아 실제로 커피를 타서 마실 순 없겠지만 그래도 좋았다.

운동장에는 횟가루로 세계 전도가 그려져 있었고, 두 개의 나무 책상을 붙여서 식탁처럼 만든 곳이 세 군데나 있었다. 미주가 나흘 전 지나가는 말로 '세계 여행을 하고 싶었는데!' 하는 소리를 듣고, 그녀가 잠든 사이에 승우가 횟가루로 운동장에 세계 전도를 그려 놓았던 것이다. 5대양과 6대주. 아프리카, 아시아, 유럼, 오세아니아, 아메리카……. 지금 식탁이 차려진 곳은 프랑스 파리와 러시아의 모스크바, 미국의 뉴욕이었다. 전부 다 대도시였다. 꼭 가 보고 싶었는데 못 가 본 곳들이었다.

그 나라의 문화와 음악이 풍성한 노천 카페에서 커피를 마시고, 연극을 보고, 오페라를 관람하고, 거리의 악사들의 연주도 듣고, 다양한 음식도 맛보고, 고층 빌딩 숲과 눈 덮인 광활한 대지를 보고 싶었었다. 이제는 이룰 수 없는 꿈이 되어 버렸지만 미주는 휠체어를 타고 운동장에 있는 세계 여러 나라의 곳곳을 여행했다. 미주가 뮌헨에 멈춰 서면 승우는 해박하게 독일과 그 도시의 역사와 문화를 소개하고 그곳 출신의 예술가에 대해 말해 주었다. 그러면 미주는 다리를 꼬고 앉아 커피를 홀짝이는 기분으로 고개를 끄덕였다.

승우는 특히 여러 나라의 민속 음악과 춤에 정통했다. 장화 모양으로 생긴 이탈리아에 도착했을 때는 가곡과 아리아를 부르기도 했고, 아름다운 항구 나폴리가 낳은 작곡가와 팝 가수에 대해 소개했다.

그렇게 미주는 승우가 가 보았고 공부하고 익힌 30여 개의 나라를 가 볼 수 있었다. 미주가 다닌 곳은 승우가 가슴에 품고 있던 드넓은 세계이고 마음이었다.

11월 마지막 주 토요일에 정란은 상운 폐교를 다녀갔다. 가지고 온 의약품들을 전달하고 잠시 차 한잔을 마신 후 정란은 다시 서울로 돌아갔다. 정란은 속으로 기가 막혔다. 말이 입 밖으로 나오지 않았다. 피골이 상접한 미주의 몰골과 한껏 부풀어오른 배. 말라서 더욱 껑충하니 키가 커 보이던 승우. 하지만 그들은 싱글벙글한 표정으로 정란을 맞았다. 지옥의 나날을 보내고 있을 게 분명한데 얼굴이 그렇게 평화스러울 수 있다는 것이 의아했다. 아니 경악스러웠다.

두 사람은, 아니 뱃속에 든 아기까지 세 사람은 아주 단단하게 한 몸으로 뭉쳐 있는 것처럼 느껴졌다. 상운 폐교는 두 사람만의 완전한 세계처럼 느껴졌다. 정란은, 어쩌면 미주가 선택한 것이 처음부터 옳았고 정확한 것이었는지도 모른다는 생각을 처음으로 했다.

미주는 자신의 상태가 점점 더 악화되고 있다는 것을 누구보다도 잘 알고 있었다. 그녀는 강력한 모르핀에 의해서만 잠깐 잠들 수 있었다. 잠시 후 깨어나면 공기에 침이 든 것처럼 온몸이 따끔거렸고, 구둣발로 밟아 대는 듯이 욱신거렸고, 양철로 속을 긁는 듯 쓰라렸다. 너무나 아파서 하루에 겨우 한두 시간 눈을 붙이고 나머지는 뱃속에 든 아기를 싸안은 채 이를 악물고 버텼다.

승우가 없었다면, 남편이 없었다면 이 혹독하고 외롭고 처참한 전투를 미주가 결코 치러 내지 못했으리라는 건 분명했다. 승우는 미주의 분신이었다. 한밤중에 눈을 뜨면 어김없이 승우가 곁에 있었다. 때로는 한없이 깊은 눈으로 자신을 바라보고 있었고, 때로는 옆에서 새우처럼 등을 구부린 채 자고 있었다. 손을 뻗으면 언제나 잡혀지는 거리에, 만질 수 있는 거리에 승우는 있었다.

참으로 고마운 사람이었다. 단 한마디 불평도 없이 묵묵하게 자신이 선택한 길을 따라 함께 걸어온 사람.

그가 가여웠다. 죽는 건 두렵지 않았지만 그를 세상에 남겨야 한다는, 한 남자로 놓아두어야 한다는 생각은 언제나 미주를 고통스럽게 만들었다. 자신에게 주어진 시간이 얼마 남지 않았다는 사실을 미주는 인정했다. 하루하루가 절박했지만, 시간은 너무나 빨리 지나갔다.

미주가 임신한 사실을 처음 말했던 날 밤, 승우는 자신이 오리온자리를 타고 태어났다는 것을 말했었다.

"오리온자리?"

"응. 별 네 개가 바깥에 네모나게 위치해 있고 그 네모 속에 한 줄로 세 개의 별이 일렬로 반짝이잖아."

"근데?"

"어릴 때부터 난 별이 보이는 곳에 가면 늘 서쪽 하늘에 기울어져 있는 오리온자리를 올려다보곤 했어. 겨울 성좌인지는 모르겠지만 겨울에 항상 봤던 기억이 나고……."

"……?"

"난 참 행복하게 살겠구나 하고 생각했어. 오리온좌는 아주 아름다운 집과 가족을 뜻하는 거라고 해석했거든. 그러니까 바깥 사각진 네 개의 별은 집이고 세 개의 별은 그 집 속에 든 가족이야. 엄마 별, 아빠 별, 아기 별! 오리온자리를 보고 있으면 그렇게 행복할 수가 없었어. 그런데 역시 사람은 운명이 있나 봐. 꼭 그렇게 됐잖아. 우린 집이 있고 미주 당신과 나, 그리고 아기……!"

그 말에 목이 메어 와 고개를 돌렸던 기억이 생생했다. 그의 소박하고 단정한 운명을 자신이 망쳐 놓았다는. 그때 미주는 슬며시 이렇게 말했었다.

"그럼, 하늘에 있는 우리 집 주소는 오리온자리구나."

"그렇지."

"그러면 만약…… 누가 먼저 죽으면 나중에 죽는 사람이 오리온자리로 찾아오면 만날 수 있겠네?"

"그렇지. 우리는 하늘에도 집을 정해 놓았으니까 죽어서도 서로를 찾지 못해 헤맬 염려는 전혀 없는 거지."

"아아, 정말 생명 보험보다도 더 멋진 거네. 갑자기 나 기분이 아주 좋아지고 힘이 나는 것 같아."

"그렇니? 진작 가르쳐 줄 걸 그랬다."

"만약 내가 먼저 가면…… 오리온 집을 예쁘게 단장해 놓고 기다릴게. 승우 씬 다른 여자 집 문을 노크하지 말고 곧장 찾아와야 해. 알았지?"

"그러긴 하겠지만…… 어째 기분이 좀 우울해진다. 아기를 가진 여자가 하는 말로선 좀 그래!"

"그런가? 분위기 파악을 못했네. 나 어쩌다가 감상적일 때가 있잖아."

풀풀풀 웃으며 넘겼던 그 말들이 미주의 가슴을 점점 더 저리게 만들었다. 너무 욕심을 부린 게 아닌가 하고. 자신이 죽고 난 뒤 승우 씨는 겨우 서른두 살이 아닌가. 혼자 살기에는 너무 젊고 살아야 할 길이 너무 멀다. 더군다나 남자 혼자서 아기를 어떻게 키울 수 있단 말인가.

요 며칠 동안 수시로 그런 생각이 떠올라 미주는 자꾸만 침울해졌다. 그때 자기가 참 어리석은 말을 했다는. 죽은 뒤에도 사랑하는 남자를 소유하고자 하는 바람이었다는 것이 몹시도 서글프고 비참했다. 하지만 자신이 목숨을 바꾼 아기가 생판 모르는, 낯선 어떤 여자의 손에서 길러진다는 생각을 하면 피가 거꾸로 솟는 기분이었다. ……계모! 계모 밑에서 주미가 자라난다면!

그 생각만 하면 너무나 고통스러워 그 자리에서 그대로 죽고 싶었다. 주미가 어느 낯선 여자에게 뺨을 얻어맞고 우는 모습, 머리칼을 쥐어뜯겨 비명을 지르는 모습, 더러운 양말을 신고 머리도 빗지 않은 초라한 모습, 학교를 마치고 돌아와 열리지 않는 대문 앞에 쪼그리고 앉아 우는 모습……이 떠올랐다. 그렇게 되면 10대에는 가출을 할 것이고, 불량 소녀가 될 것이고, 몸과 마음을 마구 굴릴 것이고, 술과 담배에 찌들 것이고……. 만약 하늘에서 딸의 그런 모습을 내려다봐야 한다면! 오, 그것보다도 더한 형벌은 없을 것 같았다.

그런 생각은 암이 주는 통증만큼이나 미주를 괴롭혔다. 만의하나 아이가 겪게 될 고통과 슬픔과 학대를 생각하니, 아기를 낳는다는 것이 얼마나 무모하고 철없으며 자기 기만적이고 이기적이고 무책임한 짓인가 싶어 살이 벌벌 떨렸다. 미주는 극에 달하는 육체적 고통과 극에 달하는 마음의 고통, 그 이중의 지옥에 빠져 허덕대는 자신을 발견하고는 거의 미칠 것 같았다.

하지만 승우를 바라보고 있으면 그런 불신이 사라지고 믿음이 가슴에 자리잡았다.

저 남자는 내가 두려워하거나 싫어하는 일은 절대로 하지 않을 거야. 저 남자는 자기만큼 착하고 아름다운 여자를 얻어 주미의 엄마를 만들어 줄 거야. 나보다 주미를 더 사랑할지도 모르지. 그래서 눈부시게 곱고 착한 그녀와 주미, 그리고 저 남자는 정말 지상에 오리온자리 같은 가정을 만들 거야. 난, 승우 씨를 믿어. 승우 씨를 믿지 못한다면 이 세상에 믿을 것은 아무것도, 그래 정말로 아무것도 없지.

그러나 아무리 노력해도 그 불안과 공포는 완전히 뿌리뽑히지 않았다. 매번 돌아볼 때마다 쑥밭처럼 삽시간에 일어나 목을 조르는 듯했다.

어제 아침에 넣은 불은 다음날 밤이 되도록 계속해서 탔다. 로켓포 자세인 초벌통은 왕겨가 일으키는 지독하게 집념 어린 불꽃으로 인해 연분홍색으로 달아 있었다. 벼를 찧고 남은 한낱 쭉정이들이 모여서 내는 놀라운 열기였다. 상식으로는 잘 이해가 되지 않는.

"앞으로 쭉정이란 말을 쓸 때는 가려서 써야겠는데!"

미주를 태운 휠체어를 밀고 온 승우가 손을 내밀어 난롯불을 쬐듯 하는 미주를 내려다보며 말했다.

"내일 아침에야 식겠는걸. 그때나 열어서 당신 작품을 꺼낼 수 있겠어."

"작품은 무슨……. 하긴 각별하긴 해. 내 마음이 담긴 것들이니까."

"그럼. 우리, 집으로 돌아가면 저것들을 거실에서 제일 좋은 위치에 올려 놓자. 주미랑 당신이랑 나랑은 그것들을 바라보기만 해도 기분이 좋을 거야."

미주는 이젠 쉽사리 그런 말에 맞장구 치지 못했다. 그런 일이 일어나기 힘들다는 것을 미주도 승우 자신도 너무나 잘 알고 있기 때문이었다.

미주는 휠체어를 밀어 달라고 했다. 두 사람은 그네 쪽으로 갔다. 미주는 휠체어에 앉고 승우는 그네에 앉았다. 저편에 선 거대한 은행나무는 이미 나뭇잎이 다 떨어진 지 오래였다. 미주는 아담한 교사와 담장, 가마, 창문들, 나무들, 연못, 농구대, 횟가루로 세계 전도가 그려진 텅 빈 운동장, 그 위에 놓인 몇 개의 걸상과 책상들을 아주 천천히 돌아보았다.

"미주야, 그만 들어가자! 바람이 차다!"

"난 좋은데. 나 봐. 온몸은 모포로 친친 감고 얼굴만 쏙 빼놓았잖아. 거북이같이. 바람이야…… 겨울바람! 시리긴 시리다. 그런데 너무 기분이 좋아. 시린 바람이니까……"

미주는 뒷말을 잇지 못했다. '다시는 느끼지 못할 시린 바람이니까!' 하는.

"승우 씨, 우리 나중에 여기 다시 와 보자."

"물론이지. 주철 선배하고 경희 선배가 돌아오면 아예 기숙사는 우리가 별장으로 쓴다고 말해야겠어. 돈 내라고 하면 돈도 내지 뭐."

"난 주미를 낳고, 주미가 걸음마를 할 정도가 되면 여기로 올 거야. 주미를 보행기에 태우고 은행나무 앞으로 가서 이렇게 말할 거야. '엄마가 너를 뱃속에 가졌을 때 이 나무 아래서 아빠랑 엄마랑 멋진 춤을 추었단다' 하고 말이야."

"그래, 그래야지. 노란 은행잎이 원형으로 깔린 멋진 황금빛 무대였으니까."

"그런데 참, 대체 나머지 한 그루 은행나무는 어디 있지? 난 그게 궁금했어. 은행나무는 암수가 서로 마주 서 있어야 잎이 열리고 은행이 달리는 거 아닌가? 근데 저 나무말고는 이 근처에는 없는 것 같던데?"

"보이진 않지만 어딘가에 있겠지. 나무들은 바람으로 포자를 날리고 수정도 되니까. 그건 왜?"

"혼자 서 있는 게 좀 그렇잖아."

"……안 되겠어. 그만 들어가자! 감기 들겠어."

"그래도 어제보다는 덜하다. 어젠 정말 방에서 나오기도 싫었거든. 승우 씨, 근데 오늘 운동 안 했지?"

"응?"

"매일 운동장 세 바퀴씩 돈다고 약속했잖아. 내가 부실하면 승우 씨라도 튼튼해야지. 우리 주미를 위해서 말이야. 아빠 되기가 어디 쉬운 줄 알아? 어서 돌아!"

"좀 봐줘라. 낼 아침에 돌게!"

"빨리 돌아! 금방 돌잖아. 내가 여기서 지켜볼게!"

승우는 하는 수 없다는 듯 휠체어 손잡이에서 손을 떼고 운동장을 달리기 시작했다. 한 바퀴를 돌고 승우는 미주 앞을 지나갔다. 그녀의 박수 세례를 받으면서. 그는 교문 가까운 코너 쪽을 헉헉대며 돌고 있었다.

으읍…… 읍!

그때 불현듯, 거대한 통증이 미주의 몸을 휘감아 왔다.

미주는 배를 움켜쥐었다가 고개를 뒤로 와락 젖히며 머리를 움켜쥐었다. 손이 파들파들 떨렸다. 젖은 머리카락을 잡아뜯으며 새하얀, 수증기 같은 가쁜 숨을 내쉬며 눈자위를 파르르 떨었다. 이번엔 비명도 제대로 지르지 못할 만큼의 급습이었다. 머리의 두개골을 무서운 속도로 돌아가는 전기톱의 둥근 톱니로 단번에 절단해 버리는 것 같은.

몸 속에 잠복해 있던 그림자들이 내장 전체를 휘저어 토막내는 것 같은, 말로는 도저히 표현하기 어려운 무섭고도 끔찍한, 그러면서도 둔중한, 거대하면서도 섬세한 양극의 날을 가진 통증이었다.

흐으읏, 홋…… 흐읏!

아무것도, 아무것도 보이지 않았다. 모든 게 새하얬다.

미주는 휠체어의 팔걸쇠에 놓인 손을 푸드덕거리다가, 눈자위가 뒤집어지며 등받이 쪽으로 쓰러져 까무라쳤다.

그가 가여웠다. 죽는 건 두렵지 않았지만
그를 세상에 남겨야 한다는, 한 남자로 놓아두어야 한다는 생각은
언제나 미주를 고통스럽게 만들었다.

마지막 초읽기

우리는 함께 떠나지만,
그러나 역시 이별이지요.
지구로 다시 돌아올 수 있을지 모르겠지만,
그 누구든 말할 수 없겠지요.
이제 땅을 떠나는군요.
모든 것들이 여전히 같을 수 있을까요?
마지막 초읽기예요.
마지막 초읽기예요.
금성을 향하고 있죠.
하지만 우린 자신 있게 서 있어요.
그들이 우리를 발견하고
우리 모두를 환영해 줄지도 모르니까요.
지나야만 하는 많은 광년들이 있고,
발견되어야만 하는 것들 또한 많지만,
우리는 모두 그녀를 그리워할 거예요.
마지막 초읽기예요.
마지막 초읽기예요.
—The Final Countdown

5인조 남성 그룹 유럽의 노래로, 미주와 승우가 서울로 돌아가던 차 안 테이프에서 흘러 나
왔던 곡.

여심

1998년 12월 29일

"미……주야!"

"으……응? 정란이구나! 언제 왔어?"

"30분 됐어."

"내가 깜박 잠들었나 보구나. 승우 씬?"

"목욕 좀 하라고 내가 보냈어. 피곤해 보여서. 금방 샤워만 하고 오겠대."

"으응, 그 사람 그럴 거야. 그래도 네가 오니까 안심이 되는지 자리를 비우네. 금방 올라가야 할걸 왜 또 왔니?"

"이틀 받았어. 내일 오후에 올라가면 돼."

"나, 요즘 계속 잠만 자는 것 같아. 잠깐…… 정신은 돌아오는데 또 잠이 와. 너도 왔고…… 자면…… 안 되는데…… ."

"자도 괜찮아. 내가 곁에 있을게."

미주는 고개를 끄덕였다. 그녀는 코에 산소 주입기를 하고 있었다. 줄무늬 환자복이 미주의 목과 손목에는 너무 헐렁해 보였다.

승우가 상운 폐교 운동장을 돌 때 의식을 잃었던 미주는 승우에 의해 곧장 현대병원으로 실려 왔다. 어떤 강한 충격으로 잠시라도 숨이 멎었다면 미주는 물론 태아에게도 치명적이었을 것이다.

승우는 정란에게서 심폐 소생법이란 응급 처치법도 배웠다. 목을 젖혀 기도를 열고 큰숨을 서너 번 불어넣은 뒤, 명치에서 손가락 두세 마디 위에 두 손바닥을 겹쳐 심장에 압박을 가해 심장을 뛰게 하는 것. 하지만 다행스럽게도 미주는 정신만 잃었을 뿐 심장이나 맥박은 뛰고 있었다.

응급실에 도착했을 즈음 미주는 정신이 돌아왔다. 하지만 더 이상 승우와 단둘이만 있을 수 있는 세계를 고집할 수 없었다. 자신의 의지나 인내, 지혜로도 더 이상 어찌해 볼 수 없는 한계 상황이 들이닥치고 있다는 것을 깨달았기 때문이다.

미주는 상운 폐교를 포기하고 침대 하나가 있는 작은 병실로 옮겨졌다.

닥터 박민식은 이틀 정도 미주의 상태를 체크하며 지켜보다가, 동통이 세 시간 단위로 찾아오자 수면성을 첨가한 강한 모르핀을 섞은 링거를 하루 종일 맞게 했다. 미주의 체력이 너무나 소진되어 있고 심리 상태가 몹시 불안하다고 판단했기 때문이다. 차라리 가수면(暇睡眠) 상태가 눈을 뜬 채로 동통에 시달리는 것보다 환자에게도, 아기에게도 좋다고 판단한 것이다.

미주를 본 닥터 박은 더 이상 어찌할 방도가 없다는 것을 즉각 알아차렸다. 얼굴에 약간 노랗게 황달기가 올라오는 것도 불안했다. 위암이 다른 장기에 전이된 침습성 위장암인 것만은 확실했다. 다만 그것이 악성 선종으로 발달하지 않기만을 바랄 뿐이었다.

악성 선종은 암세포들이 폭탄처럼 투하되어 파편처럼 흩어져 각종 장기에 달라붙기 때문에, 순식간에 내부 장기 기관을 쑥대밭으로 만들 수 있는 가장 고약한 거였다. 여태껏 많은 암 환자들을 다루어 봤지만, 임신부가 저 상태까지 버틸 수 있다는 게 그저 감탄스럽고 기적 같아 보였다.

미주는, 의사가 고통을 그다지 느끼지 않게 처방해 준 것은 고마웠지만, 계속해서 가수면 상태에 빠져 있는 것은 못마땅했다. 승우를 봐야 하고, 아기 주미와 이야기해야 하고, 자신과 이야기해야 하는데, 그럴 시간도 별로 남아 있지 않은 것 같은데 의사가 계속해서 잠을 재우는 것이 속상했다.

지난주에 닥터 박은 미주의 항의를 받아들였다. 그래서 단계

별로 상태를 주시하고 체크하며 수면 수위를 낮추어 가겠다고 약속했다. 그래서 그런지 금방이라도 자신을 휩쓸어 끌어들일 것 같은 점액질 같은 잠의 줄기가 자신에게서 손을 떼는 것이 느껴졌다.

미주는 눈을 뜨고 고개를 옆으로 돌렸다. 정란이가 곁에 앉아 자신의 손을 보듬어 쥐고 있었다. 상운 폐교에서 현대병원으로 실려 와 독실로 옮겼던 두 번째 날, 정란은 밤의 시간을 이용해서 다녀갔었다. 하지만 미주는 약 기운에 혼곤하게 빠져 있었기 때문에 다음날 출근 전에 서울로 돌아가야만 했던 정란을 보지 못하고 승우에게 얘기만을 전해 들었다.

"정……란아!"

"그래, 미주야. 뭐 필요한 거 있어?"

"아니. 우리 아기 어떤 것 같애? 네가 전문가잖아?"

"그렇지 않아도 이 병원 산부인과 의사도 만나 보고, 내가 직접 몇 가지 체크해 보기도 했는데, 괜찮아. 아기는 정상적으로 잘 크고 있어. 산부인과 담당의가 진작 너를 알았다면 완전히 임상 사례감이래. 학계에 논문 발표도 가능한. 몹시 아까워하더라."

"쿠쿠쿠, 그랬니? 까딱하면 내가 모르모트될 뻔했구나."

"반드시 나쁜 것만은 아냐. 너처럼 임신과 암을 동시에 가진 여자들을 치료해야 하는 의사들에겐 좋은 임상 사례가 될 수 있지. 물론 그게 환자 당사자들에게 선택의 여지를 넓혀 주는 자료가 된다는 점에서 말이야."

정란은 미주의 손등을 토닥이며 말을 이었다.

"아무튼 너 장해. 사실 난 네가 여기까지 상황을 끌고 오리라고는 생각하지 못했어. 절대로 그럴 수 없을 거라고 여겼지. 내가 틀렸어."

"어째, 칭찬으로 안 들린다. 나보고 지독한 년이라고 하는 거 같은데?"

"인간 승리! 아니, 모성 승리!"

"아냐, 승우 씨가 앞에 있어 주지 않았다면 난 벌써 목표를 잃고 고꾸라진 지 오래됐을 거야. 지금껏 승우 씨만을 보고 달려온 느낌이거든."

"그래, 승우 씨도 대단해."

귓바퀴를 넘어온 미주의 머리카락이 눈을 가리자 정란은 천천히 머리카락을 뒤로 쓸어 넘겼다.

"나 어때? 아프리카 난민 아이들 같지? 뼈에 살가죽만 덮이고 배만 터질 듯이 부른……."

"아냐, 예뻐. 예쁜 네 눈코입이 얼굴에서 달아난 것도 아닌데 뭐. 얼굴 크기가 소녀 같아지고…… 흐응, 섹시하기만 하다 뭐."

"뭐? 섹시? ……야, 그 말에 왜 내 귀가 번쩍 뜨이니? 가슴도 화들짝 놀라고!"

"어이구, 됐네요. 그만해."

두 여자는 찬찬히 서로를 보며 웃었다. 정란이 미주를 혼내 주려는 듯 갑자기 노려보는 체했다.

"왜? 그러다 사시(斜視) 될라."

"이제껏 너 고집 부리는 꼴 다 봐 주느라 내 속이 얼마나 썩었는지 모를 거다. 이젠 너도 내 말 들어줄 거지?"

"얘가, 무슨 얘기하려고 이러냐?"

"부탁인데, 1월 되면 우리 병원으로 와. 내가 병원 응급차 보내 줄 테니까."

"서울? 싫어. 여기 병원도 시설 괜찮은 것 같던데? 깨끗하고 주위가 산으로 둘러싸여 있어 공기도 좋고."

"봐, 또 딴소리 할 줄 알았어. 지난번에 내가 얘기했잖아. 너 아기 낳을 때는 전문가 여럿이서 달라붙어야 해. 여기 병원은 크지만 너한테 필요한 전문가는 없어. 또 누가 나처럼 널 챙겨 줄 수 있겠니? 내가 아기를 잘 받아 줄게. 그러고 싶어."

그 말에 미주는 침묵했다. 정란의 말은 맞았다. 하지만 마지막 말은 틀렸다. 순산은 어려울 것이다. 걸어다닐 힘도 없는, 침대에서 몸을 일으킬 때도 부축을 받아야 하는 자신이 어떻게 아기를 자연 분만할 수 있겠는가. 그 다음 장면은 생각하고 싶지 않았다.

미주는 손을 보듬어 잡고 보채는 투로 확답을 듣고 싶어하는 정란에게 고개를 끄덕였다. 그것만으로도 정란의 얼굴은 환해졌다.

"정란아! 나 서울에 없는 동안 생긴 일 없니?"

"일? 뭐? 뭐 말이야?"

"전에 니가 너네 병원 성형외과 닥터, 마흔한 살의 독신 닥터가 있다고 했잖아."

"그랬지. 근데 그게 뭐 어쨌다구?"

"지금도 그 사람 혼자야?"

"어이구, 이제야 무슨 말 하는지 알겠네. 너, 그 남자 실제로 보지 못해서 지금 쓸데없는 얘기를 하는 거야. 독신이고 뭐고 간에 그 사람 탱크 됐어."

"탱크?"

"몸에 살이 붙어서…… 그 사람이 걸어다니면 그 튼튼한 시멘트 복도가 쿵쿵 울린다. 몸무게가 130킬로그램이라지 아마? 이건 완전히 씨름 선수가 아니라 스모 선수야 스모 선수. 너 누구 죽일 일 있니?"

"후후후, 그 의사, 여자 압사시키지 않으려고 혼자 사는 거구나. ……난 또. 그냥 난 세련된 성형 전문의인 줄 알았지. 에구, 그럼 글렀구나. 네가 그 사람하고 잘되면 콧대 좀 무료로 높여 보려고 했더니만."

"뭐야? 이게 가만 보자보자 하니까 승우 씨 같은 남자 가졌다고 뻐겨도 너무 뻐기네! 흐응, 저 거만한 표정 좀 봐. 눈꼴시려 못 보겠다. 그 턱 좀 쳐들지 마, 제발!"

"사실 뭐 승우 씨 같은 남자 없잖아?"

"그럼. 성격, 외모, 실력, 거의 완벽한 남자지 뭐."

"그렇지?"

"그렇고말고. ……근데 애, ……애! 너…… 지금 대체 무슨 생각하는 거야?"

정란은 아연 실색했다. 미주의 눈빛에서 여자만이 알아챌 수 있는 절망감과 질투심을 읽은 것이다.

미주는 절친한 친구인 정란이가 자신의 자리에 있어 주면 어떨까, 하는 생각을 부지불식간에 해 왔다. 승우의 새로운 여자, 그리고 주미의 엄마 자리. 미주는 정란이가 대학 때부터 승우를 좋은 사람이라고 생각한다는 것을 잘 알고 있었다. 정란이가 원하는 남자가 바로 승우 타입일 거라는.

미주가 구체적으로 정란을 승우와 연결시키게 된 계기는 아기 때문이었다. 정란이라면 자신의 목숨과 맞바꾸다시피 한 더없이 소중한 딸을 맡겨도 되지 않을까 하는. 정란은 그렇게 할 것이다. 아이를 꼭 가져 보고 싶고 키워 보고 싶다고 했던 그녀였다. 정란의 차분하고 품위 있는 성격을 잘 아는 미주로서는 정란이가 아기를 키워 준다고 생각하면 마음이 한결 편안해졌다.

하지만……. 딸의 엄마로서는 정란이 더없이 안성맞춤이고 고맙기까지 했지만, 승우의 여자가 된다는 생각은 미주로 하여금 입술을 질끈 깨물게 했다. 부탁을 해서라도 아기를 맡기고 싶었지만, 승우를 친구에게 넘겨주는(?), 빼앗기는(?), 아니, 정란이가 승우의 여자가 되는 것은 정말 싫었다. 이기적이고 욕심 많은 생각이라고 자신을 타박하면서도, 불현듯 마음에 찬바람이 불고 앵돌아눕는 자신을 스스로도 어쩌지 못하는 심정이었다.

정란은 미주의 눈빛에서 그런 마음을 읽었다. 미주는 고개를 반대쪽으로 돌리고 있었다. 정란은 마음이 씁쓰레했다.

승우는 사랑할 만한 남자였다. 자기뿐만 아니라 정신이 올바로 박힌 사람이라면 누구라도 그렇게 생각할 것이다. 진실과 순수함에서 참으로 드문 사람이기 때문이다. 정란은 그 정도였다. 솔직 담백하게 승우가 우려내는 향기를 느낄 줄 아는. 하지만 친구의 자리를 빼앗고 싶다는 생각은 한 번도 해 본 적이 없었다. 그게 어디 가당키나 한 소린가.

절친한 친구가 죽어 가는 마당에 친구의 남자를 남자로 생각한다는 것은 있을 수 없는 일이다. 천벌을 받아도 마땅한 고약한 마음 아닌가. 정란은 환자들이 얼마나 마음이 약해지는지, 하루 종일 눕거나 앉아서 얼마나 많은 잡생각을 하는지 잘 알고 있고 또 그런 상황을 잘 이해했지만, 그래도 못내 서운한 심정이 드는 건 어쩔 수 없었다.

미주라는 존재가 처음부터 없었다고 해도 정란의 입장에서 확신할 수 있는 건 하나도 없었다. 괜찮고 좋은 남자라고 해서 자신이 그와 결혼하고 싶어했을까. 승우 역시 정란 자신을 좋은 선배라고는 생각하겠지만 좋아하는 여자나 사랑하는 여자로는 생각하지 않을 것이다. 단지 좋고 괜찮다는 것과 같이 잠자고 같이 사는 것과는 사람에 따라 하늘과 땅만큼의 차이가 날 수가 있는 것이다.

미주가 고개를 돌리고 있는 동안, 정란은 착잡한 미소를 머금은 채 고개를 설레설레 흔들었다.

"······정란아! 바깥에 눈 아니니?"

"그래. 눈이다."

병실 창 밖으로 희끗희끗 눈발이 날리고 있었다. 병원의 환자들이 귤을 까먹고 모두 창 밖 하늘로 던져 버린 것일까? 하늘은 부황난 귤빛이었고 껍질처럼 점들이 무수히 하늘에 박혀 있는 것 같았다.

"서울에는 눈이 몇 번 내렸지?"

"그래. 하지만 금방 녹아서 눈 같지도 않았어. 어째, 좀 눈이 퍼부을 것 같은걸?"

"여긴 한번 오면 최소한 발목에서 무릎 사이까지는 오는 것 같아. 너, 내일 좀 일찍 출발해야겠다."

"그래야겠네. 난 그저 차 바퀴에 체인이나 치지 않기를 바랄 뿐이야. 늘 서울에서만 살아서 채울 줄도 모르거든."

"승우 씨가 잘 쳐. 걱정 마."

"……."

미주는 정란을 돌아보며 환하게 웃었다. 정란은 손을 뻗어 그녀의 뺨에 묻어 나는 미소를 만졌다.

이해가 되었다. 모든 게 다. 같은 여자로서. 몸도 마음도 얼마나 약해져 있겠는가. 몸이 마음을 괴롭히고 마음이 몸을 괴롭히고. 자신의 것인데도 어느 것 하나 자기편을 들어주지 않을 때 느끼는 고립무원의 슬픔과 고통.

미주가 자신의 뺨에 닿은 정란의 손을 덮으며 말했다.

"벌써 한 해가 다 간다."

"그렇네."

"지금 우리가 몇 살이지?"

"서른넷!"

"에구구, 불쌍한 우리 정란이! 쯧쯧……."

"뭐야? 혀는 왜 차니?"

"같은 여자로서 가엾어서 그렇지!"

"뭐라구? 사돈 남 말 하시네!"

"나야 뭐 찐한 사랑도 해 봤지, 결혼도 해 봤지, 애도 뱄지, 낳을 거지, 뭐 아쉬운 게 있겠니? 하지만 넌 하나도 제대로 못해 봤잖아. 남의 애나 받아 내는 뒷수발이나 지금껏 하면서."

"으……."

"서른넷! 노처녀인 널 구제해 줘야 하는데…… 내가 이렇게 누워 있으니 도무지 시간을 못 내네. 어쩌나? 그래도 제일 친한 친군데 모른 척할 수도 없고……. 마냥 딱하기만 하네!"

"여러 가지 하고 있네. 정말 날 챙겨 주려면 고집 부리지 말고 내 말이나 잘 들어!"

미주가 정란의 손을 끌어당기자 정란은 허리를 숙여 미주를 살포시 안았다. 서로가 서로의 등과 어깨를 두드리며 가볍게 키득거렸다. 서로 안쓰럽다며 조금씩 더 세게 두드리다가 결국은 정란이 지고 말았다. 약해질 대로 약해진 환자를 퍽, 퍽, 소리 나게 칠 수는 없는 일 아닌가.

창 밖은 설국(雪國)으로 빠르게 변하고 있었다. 푸른 솔잎들이 저마다 조그만 솜사탕을 만들어 쥐고 있었다. 미주와 정란은 눈꽃 날리는 창 밖을 한참 동안 바라보았다.

그들은 자매처럼 다정해 보였다.

겨울이 낳은 봄

1999년 3월 13일

오전 10시 55분. 온갖 종류의 수술을 집도하여 그 방면의 전문가로 인정받는 두 의사와 정란은 허둥대고 있었다. 수직으로 복부 절개를 한 의사 옆에서 수간호사는 황급히 석션으로 분출하는 피를 빨아들이고, 또 한 간호사는 솜뭉치로 절개면을 물들이는 붉은 피를 닦아 냈다.

"안 되겠어! 수혈 한 군데 더 해!"

은테 안경이 간호사에게 소리쳤다. 간호사는 황급히 미주의 다른 팔에 대기시킨 혈액 바늘을 꽂아 넣었다. 환자의 양팔에 동시에 수혈하는 것은 매우 드문 경우였다.

정란은 미주의 심장 박동을 나타내는 심전도 그래프를 쳐다보고, 마취 상태에 빠진 채 입과 코에 산소 공급 튜브를 끼우고 있는 미주의 얼굴을 바라보았다.

박동 그래프가 느리고 완만하게 뛰고 있었다.

"괘…… 괜찮겠어요?"

"다른 방법이 없잖아."

커다란 거즈로 위에 있는 내장들을 밀어서 막고 있는 의사와 수간호사는 벌써 이마에 땀을 흘리고 있었다.

"석션 준비해!"

이처럼 숨가쁜 상황이 처음인 간호사가 허둥거리자 정란은 흡입기를 넘겨받았다. 두 사람이 내장을 가슴 쪽으로 밀어 막고 있는 동안 은테 안경은 메스로 아기집을 절개했다. 정란은 재빨리 양수를 빨아들이는 석션 기구를 가져다 댔다. 양수와 피가 범벅이 되어 빠르게 빨려 들어갔다.

석션을 수간호사에게 재빨리 넘긴 정란은 미주의 아기집 속으로 손을 집어 넣었다. 아기가 만져졌다. 위로 손목을 회전시켜 아기의 발을 잡았다. 한 발 더! 피가 샘물처럼 정란의 손목 부위에서 솟고 있었다. 석션기를 갖다 대어 빨아들여도 금방 고여 올랐다. 미주의 심장 박동 그래프 화면은 위기 신호를 알렸다. 남은 한 쪽 발이 잡히지 않았다. 그렇다고 아기의 한 쪽 발만 잡아당겨서는 다리가 부러질 수도 있었다.

　제발…… 제발 이 녀석아!

　정란은 다시 한 번 손목을 돌려 따로 놀고 있는 아기의 나머지 발을 이번에는 능숙하게 한 손으로 두 개 다 낚아챘다. 아기의 배치 상태를 파악한 정란은 허리와 팔을 비틀면서 절개한 면에서 아기를 노련하게 뽑아 냈다. 아기만을 따로 처치하는 전문 간호사가 뒤에 대기하고 섰다가 피와 양수, 이물질로 범벅된 아기를 재빨리 받아 들었다.

　"닥터 허, 서둘러! 잘못하면 그대로 보내겠어!"

　"네……."

　정란은 가쁜 숨을 쉬며 빠르게 탯줄을 감듯 잡아당겼다. 태반이 달려 나왔다. 그 사이에 장과 위를 둑처럼 막은 두껍고 커다란 거즈는 붉은 수건처럼 물들었고 장 한쪽이 비집고 쏟아졌다. 한 의사가 우겨 넣는 사이 은테 안경은 놀라울 정도로 빠르게 자궁벽인 절개한 아기집을 꿰매기 시작했다. 뒤에서 아기 엉덩이를 때리고 가위로 탯줄을 자르는 소리가 들렸다. 아기가 울음을 터뜨리는 반가운 소리가 들렸다. 환희의 소리였다.

　그러나 정란은 그것을 느낄 틈도 없었다. 정란은 석션으로 연신 고이는 피를 빨아들였다. 1차로 아기집을 꿰맨 두 의사는 그 사이에 주르르 쏟아진 장을 절개면 속으로 어렵사리 다시 우겨 넣었다.

　"석션!"

"잡아! 너무 누르지 말고."

수간호사와 정란이 내장물이 터지지 않도록 잡고 있는 동안 두 의사가 한 뼘 정도나 되는 배의 절개면을 양끝에서 각각 빠르게 꿰매기 시작했다. 그래도 더뎠다. 계속해서 피가 분출되었기 때문이었다.

미주의 내장 기관은 그야말로 엉망이었다. 화상 자국과 같은 암의 흔적이 장기 곳곳에 있었다. 미주가 지금까지 살아 있다는 것, 아기가 무사히 살아 있다는 것이 기적같이 느껴졌다. 암세포는 비정상적인 혈관 덩어리라고 할 수 있다. 그 부위에 칼을 대면 도저히 피가 멎지 않는 상태가 되는 것이다. 지금 세 명의 노련한 의사가 달라붙어 쩔쩔매고 있는 것도 그 때문이었다.

세 의사는 필사적이었다. 절개면 가까이에도 암세포가 들러붙어 기생했는지 꿰매도 실밥이 살갗에서 그냥 북 터졌다. 도저히 안 되겠군. 두 남자 의사는 마치 얼기설기 꿰매는 것처럼 X자로 크게 살갗을 기워 졸라맸다. 서로의 눈을 보는 의사들의 눈빛은 당혹 그 자체였다.

이들이 숙련되고 노련한 전문가가 아니었다면 이중으로 절개하고 아기를 꺼내 들었을 때 미주는 이미 죽었을 것이다. 하지만 정란을 포함한 세 명의 의사는 어쨌든 수습할 길이 없어 보였던 절개면을 꿰매어 봉합시켰다. 그리고 피의 분출과 내장의 압력을 막기 위해서 두꺼운 거즈를 대고 압박 붕대로 미주의 배와 허리를 친친 동여 감았다.

그들이 땀을 비 오듯 흘리며 고군분투하는 것은 산모를 살리기 위해서가 아니었다. 최소한 산모가 목숨을 다해 키운 생명인 아기를 볼 수 있는 시간을 벌기 위해 지금 최선을 다하고 있는 것이었다.

간호사 둘이 다시 수혈 주머니를 바꿔 끼웠다. 정란은 피의 유입 속도를 최대한 열어 빠르게 미주의 몸 속으로 흘러 들어가도록 조처했다. 심장에 무리가 간다고 해도 어쩔 수 없었다. 피가 압박 붕대 바깥으로 그대로 배 나왔다. 마치 붉은 잉크를 물 위에 한 방울 떨어뜨린 듯이 빠르게 젖어들어 갔다. 수혈 주머니를 한 개만 조처했더라면 미주는 혈액 과다 소모로 또한 살아 있지 못했을 것이다.

정상 분만이 불가능하다는 것은 미주도, 승우도, 정란도 알고 있었다. 그렇다면 방법은 제왕절개뿐이다. 하지만 장기 곳곳에 암세포가 퍼진 사람의 살갗을 절개했을 때는 지혈 작용이 안 된다는 것을 의사들은 익히 잘 알고 있었다. 아무리 피를 몸 안으로 쏟아 부어도 깨진 독에 물 붓기 식으로 절개면을 통하여 어떤 식으로든 빠르게 다 빠져 나가 버리는 것이다.

두 의사는 이마에 맺힌 송글송글한 땀을 닦으며 미주의 양팔에서 빗줄기처럼 떨어지는 수혈 주머니와 압박 붕대에서 물컥물컥 번져 나오는 피를 보고 고개를 설레설레 흔들었다.

그들로서는 최선을 다한 것이다. 은테 안경은 손목시계를 들여다본 뒤 정란에게 말했다.

"어쨌든 마취 시간 전까진 해냈군. 지금 진통 주사를 놓아 줘야 할 거요. 환부 주변과 손등 혈관에도 여러 대 놓아 줘요."

"그러면 깨어나지 못할 수도 있잖아요. 의식이 없는 상태가 바로 정지 상태로 연결될 수도……."

"그렇진 않을 거요. 레지던트로 미국에 있을 때 이와 유사한 환자를 봤어요. 고통이 너무 심한지 강력한 진통 주사도 상쇄시키고 의식이 깨어나더라고!"

"허 선생! 어차피 그래야 할 거요. 그냥 깨어난다고 해도 지독한 통증에 그대로 정신을 잃을 거요. 더군다나 피가 줄줄 새는 이 상황에서는 그렇게 오래 못 버텨요. 삽시간에 혼수 상태로 빠지고 바로 정지 상태로 넘어갈 확률도 많아요."

그들은 미주의 심장 박동 그래프를 불안하게 흘끗 본 다음 수술용 장갑과 마스크를 벗었다. 그리고 미주가 사투를 벌이며 키워 낸 아기를 들여다보았다. 아기는 건강했다. 물론 정확한 진단을 내리려면 최소한 몇 달 동안은 지켜봐야겠지만, 어쨌든 현재로서는 믿기지 않을 만큼 건강한 여자 아기였다.

은테 안경은 고개를 끄덕이며 아기를 향해 말했다.

"이 녀석아! 넌 정말 대단한 엄마를 두었어!"

할 일을 마친 두 의사는 수술실에서 빠져 나갔다. 심장 박동 그래프가 불안하게 떨어지고 있었다. 마취에서 깨어나려는지 미주는 숨을 가쁘게 쉬었고 맥박이 갑자기 빨라졌다. 정란은 수간호사와 간호사에게 모르핀과 데메롤을 환부 근처와 혈관에 주사하라고 지시했다.

정란은 눈물을 글썽거리며 미주의 뺨 가까이에 입술을 가져다 대었다.

"미주야! 넌 해냈어! 힘을 내! 네가 낳은 아기를 봐야지! 제발 힘을 내서 정신을 차려!"

정란의 지시를 받은 간호사가 승우를 수술실 안으로 불러들였다. 아기는 간호사의 품에 안겨 있었다. 승우는 황망한 걸음걸이로 아직도 의식이 없는 미주에게 다가갔다.

"미주야. 미주야! 서…… 선배, 어떻게 된 거예요?"

"……글쎄."

정란은 손목시계를 들여다보며 말을 이었다.

"마취에서 깨어날 시간이 5분 정도 경과했어. 강한 진통제가 어떻게 작용할지 나도 모르겠어. 이런 경우가 처음이라서."

"미주야! 미주야! 눈을 떠 봐! 주미를, 주미를 한 번이라도 봐야지. 응? 눈을 떠 봐! 제발!"

그 사이에 두 간호사가 또 수혈 주머니 두 개를 갈아 끼웠다. 정란은 승우의 반대편으로 가서 미주의 손과 팔을 손으로 쓸었다.

어서, 깨어나! 미주야…… 미주야! 지금 깨어나지 않으면 너는 아기를 못 봐. 승우 씨도 못 보고. 나도 못 보고. 그냥 무정하게 이렇게 떠나면 안 돼. 우리…… 우리에게도 너에게 인사할 시간을 줘야 하잖니? 왜냐하면 너만큼 우리도 널 사랑하니까. 나도 널 그냥은 보내지 않을 거야. 절대로! 다시는 못 만나는 곳으로 아내와 절친한 친구를 보내면서 말 한마디 못한다면 우리 심정이 어떻겠니? 나보다도 네가 사랑하는, 널 너무너무 사랑하는 승우 씨가 못 견딜 거야. 승우 씨를 위해서라도 네가 눈을 떠 줘야 해. 미주야…… 미주야…… 내 말 들리니?

천천히…… 아주 천천히 미주가 눈을 떴다. 처음에는 눈꺼풀을 까물락거렸고, 곧 애써 힘을 주어 초점 없는 눈자위를 고정시키려고 하는 것 같았다.

"미주야! 미주야! 나야! 보이니?"

미주는 승우가 보이지 않는 모양이었다. 눈동자가 슬쩍 비켜 가서는 다시 흐려졌다.

"미주야! 이러면 안 돼! 아기를 봐야지! 엄마가 아기를 안 보면 어떻게 하니? 우리 주미가 얼마나 예쁜지 너도 너무너무 궁금해했잖아!"

승우는 서둘러 아기를 안으려 갔다. 하지만 흥분 상태인 승우가 오자 간호사는 몸을 돌려 아기를 보호하면서 의사 정란을 보았다. 어떻게 해요, 하는 표정이었다.

"김 간호사! 안겨 드려!"

승우는 포대기로 단단히 감싼 아기를 안고 부리나케 미주에게로 가 눈앞에 바싹 들이밀었다.

"미주야! 미주 씨! 봐 봐! 당신 애기야! 당신 애기가 바로 눈앞에 있어. 어서 정신을 차려!"

그 순간이었다. 안개가 덮인 듯이 몽롱했던 미주의 눈동자에

촘촘히 초점이 모이기 시작했다. 미주가 아기를…… 아기를 본 것이었다. 입과 코에 꽂은 튜브 때문에 뭐라고 말을 할 수는 없었지만 하얗게 탈색된 미주의 입술은 분명히 미소를 짓듯 입 꼬리가 올라갔다. 미주는 삶과 죽음의 경계선 가까이에 서 있었다. 입술도 달싹거릴 힘이 없었다. 이미 몸은 자기 것이 아닌 듯했다. 단지 불꽃 같은 간절한 의식이 남아, 아기를 올려다보고 희미한 미소를 짓는 것이었다.

"그래그래, 봤구나. 우리 주미를 본 거야. 이젠, 이젠 당신만 건강해지면 돼. 우리 주미를 안고 퇴원해서 집으로 가야지! 그지, 그지? 미주야!"

승우의 말을 알아들은 듯 미주는 다시 미소를 지었다. 고개까지 약간 끄덕였다. 미주의 눈에 물기가 한 겹 뿌옇게 처지더니 뺨을 타고 흘러내렸다.

승우 씨…… 주미가 참 예쁘다. 당신 닮았어. 이마와 섬세한 입술, 주미는 코만 나를 닮았어. 크면 참 예쁠 것 같다. ……하지만 어쩌지? 난 집으로 돌아가지 못할 것 같아. 미안해, 승우 씨 ……. 그 동안…… 미운 연상의 여자를 사랑해 주고…… 함께 살아 주어서 정말로 고맙고 감사해. 내겐 정말 과분한 사랑이었어. 그 빚을 어떻게든 갚아 보려고 했는데…… 이렇게 돼 버렸어. 나, 너무 미워하는 거 아니지? ……내가 당신 얼마나 사랑하는지 알지? 당신이 혹시라도 날 따라올까 봐 내가 주미를 낳았다는 거 모르지? 주미는…… 당신의 사랑에 대한 내 선물이야. 주미는 국화 향말고 머리칼에서 자스민 향이나 프리지아 향이 날지도 모르지. ……내가 주미 머리를 빗겨 주면서 그 냄새를 꼭 확인해 보려고 했었는데……. 나, 언젠가 당신이 말한 우리 하늘 집, 오리온자리로 먼저 가 있을게. 그곳에서 당신이 좋아하는 된장국 끓여 놓고 우리 주미가 좋아할 계란말이를 해 놓고 기다리고 있을게……. 잊지 말고 꼭 찾아와. 별로 된 우리 집을 내가 얼마나 예쁘게 꾸몄는지 당신과 주미에게 꼭 보여 주고 싶어.

당신…… 눈앞에 보여도 이토록 그리운 승우 씨…… 나, 절대로 당신 잊지 않을게. 당신의 눈과 코, 입술이며 목소리, 그리고 냄새, 당신과 보낸 날들을 잊지 않고 나, 내 영혼에 모두 담아 갈게. 당신…… 잘 살아야 돼. 나 없다고 울지 말고……. 이젠 겨울도 지났잖아…… 봄이야……. 우리 주미가…… 봄을 가져온 거야.

죽음이 임박한 순간엔 살아온 생애 전체를 본다고 했던가. 미주는 몇 번의 눈 깜박거림과 흐릿한 미소 속에서 승우가 맨처음 지하철에 앉아 책에 빠져 있던 모습, 소품을 구하기 위해 허둥지둥 뛰어다니던 모습, 캐나다 영화제에서 유창하게 통역을 하던 모습, 그리고 어느 날 갑자기 나타나 복권을 우스꽝스럽게 긁던 모습이 주마등처럼 스쳐 지나가는 것을 느꼈다.

정란은 자신의 입을 틀어막고 서 있다가 미주가 고개를 돌릴 힘도 없다는 것을 알자 조심스럽게 승우 뒤에 가서 섰다.

"미주야…… 나 보이니?"

미주의 눈망울이 더 크게 부풀었다가 제자리로 돌아왔다.

으응…… 그래, ……정란이구나. 나의 가장 친한 친구……. 내가 승우 씨만큼이나 좋아했던 내 친구……. 정란아…… 울지 마. 난 내가 이룰 것을 이뤘잖아? 내 속에서, 그냥 죽어 갈 내 속에서, 별처럼 예쁜 주미를 키워 낼 수 있게 만든 사람이 정란이 바로 너야. 네 힘이 컸어. 고마워. 네가 그 검사를 받게 하지 않았다면 난 미처 준비를 ……하지 못했을 거야. 내가 죽는다는 공포에서 헤어나지 못했을 거야. 그리고 이렇게 기쁘게 떠나지 못했을 거야. ……정란아, 나 너만 믿고 떠날 거야. 우리 주미…… 아이 같은 우리 승우 씨…… 네가 잘 보살펴 줘. 남자는 여자가 필요하고 아기도 엄마가 꼭 필요해……. 진심이야……. 난 네가 주미의 엄마와 승우 씨의 아내가 되길 바래. 이런 내 마음 넌 알 거야. 눈빛만으로도……. 주미와 승우 씨를 위한 하늘의 집은 내가 지킬 테니까…… 너는 주미와 승우 씨를 위해 지상의 집을 맡아 줘……. 그 정도로 우리 타협 보자. 응? 그래야 나, 편히 눈 감고 돌아갈 것 같아. 그렇게 해 주는 거지?

미주는 마치 하늘 한 쪽을 들어올리는 것처럼 턱을 쳐들었다. 아기를 향해서. 눈물로 얼굴이 범벅이 된 승우는 주미를 미주의 얼굴에 바싹 붙였다. 승우와 정란이가 뭐라고 계속해서 소리치고 있었지만 미주의 귀에는 잘 들리지 않았다. 미주의 눈에는 아기만 보였다. 평화롭게 쌔근쌔근 잠자는 아기가.

미주의 마음을 읽은 승우가 그녀의 입술에 아기의 뺨을 붙여 주었다.

꺼멓게 타 들어간 미주의 갈라진 입술이 꽃결같이 부드러운 주미의 볼에 닿았다. 미주는 미소를 지었다. 한 줄기 환희의 눈물을 유성처럼 뺨에 그으며 주미의 두 눈에 눈빛을 맞추었다. 그 직전이었을 것이다. 미주는 하늘의 무수한 별들을 보았다. 푸른 하늘에 네 개의 별로 벽을 이루고 세 개의 가족 별이 든 오리온자리도. 지구를 혼자 떠나는 우주 미아의 고독한 마음은 아니었다. 주미! 딸을 지상에 남겼으므로 이룰 것은 다 이룬 평화스런 마음이었다.

미주의 눈동자 속에서 파르르 퍼런 불꽃이 다시 한 번 살풋 일더니 완전히 고요한 수면을 이루었다.

모든 게 일시에 하얀색으로 탈색되었다.

미소

1999년 5월 3일

승우는 상운 폐교 운동장에 있었다. 미주가 즐겨 탔던 그네에 그는 쪽빛 개량 한복을 입고 혼자 앉아 있었다. 5월의 하늘은 눈부시게 파랬고, 아이들이 유치원에서 그린 듯한 흰 뭉게구름들이 여기저기 둥둥 떠 있었다.

승우가 미주를 위해 횟가루로 그린 세계 전도는 비로 인해 이미 지워지고 없었다.

나무들은 신록의 계절을 뽐냈고, 미주와 함께 춤을 추었던 황금의 거대한 은행나무는 앙상한 가지에서 푸른 잎들을 수없이 달고 연못 앞에 서 있었다. 그리고 20여 미터 떨어진 곳에서 정란이가 유모차 안에서 잠들었다가 깬 주미를 가슴에 안고 있었다.

승우가 다시 상운 폐교에 내려온 것은 주철 선배의 전화 때문이었다.

"기숙사에 너희 물건 많던데 안 가져 갈 거냐? 그냥 잘 모셔 둘까? 참, 초벌통에 든 것들 누가 만든 거냐? 미주 솜씨겠지? 인형하고 커피 잔 세 개 잘 구워졌더라. 시간 내서 미주하고 같이 내려와라. 참, 미주 순산했냐? 뭐 낳았어?"

호쾌한 목소리였다. 주철 선배는 경희 선배와 두 아들과 함께 2월 말에 일본에서 돌아왔다. 그들은 미주가 이 세상 사람이 아닌 것을 알지 못했다. 알리지 않았기 때문에. 그럴 만한 마음적인 여유나 여력도 전혀 없었고. 승우는 간단하게 미주가 예쁜 딸을 낳았다고, 조만간 물건들을 가지러 내려가겠다는 말과 함께 전화를 끊었다.

아기와 함께 강원도로 내려오려고 소독한 젖병 다섯 개와 분유통, 보온 물통과 아기 옷, 기저귀를 가방에 챙기는데 정란으로부터 전화가 왔다.

비번이라 쉬는 날인데 아기가 보고 싶다고, 공원으로 산책을 겸해 나오지 않겠느냐고 물었다. 가져 올 게 있어서 강원도 상운 폐교로 내려간다고 했더니, 그럼 같이 따라나서도 되겠느냐고 해서 정란은 따라왔다.

승우는 혼자 오고 싶었다. 미주와 함께 사투를 벌이던, 그러나 참으로 아름다웠던 둘만의 세계가 돼 주었던 공간이었기에. 그러나 정란도 가장 절친한 친구를 잃고 무척 힘든 시간을 보내고 있다는 것을 아는 승우로서는 박절하게 거절할 수가 없었다. 정란도 미주에 대해서는 일정 부분 마음을 공유할 권리가 있었던 것이다.

주철 선배와 경희 선배는 미주가 이 세상 사람이 아니라는 얘기를 듣고 할말을 잃었다. 어떤 말로도 승우를 위로할 수 없다는 것을 잘 알고 있었고, 그들도 미어지게 가슴이 아팠다.

경희 선배가 종이 박스에 넣어 둔 초벌된 인형들과 잔들을 승우에게 건네주었다. 모두 다 어느 한 군데 터지거나 갈라지지 않고 분홍빛으로 잘 구워졌다.

인형 세 개는 랩으로 만 사이다 병과 우윳병, 박카스 병을 안에 넣고 그 크기의 틀을 잡았다가 빼내어 말린 것인데 처음 만들 때보다 작았다. 불에 구우면 20퍼센트 정도 키가 작아지고 넓이도 오그라든다는 것이다. 하지만 키와 형태로 남자와 여자, 아이는 확연하게 구별되었다.

승우는 미주일 여자 인형을 들어 살짝 입을 맞추었다. 그리고 박스에 놓인 손잡이 달린 잔들도 하나씩 들어 살폈다. 미주는 잔 밑바닥에 못 같은 것으로 각기 이름을 써 놓았다. 승우, 주미, 그리고…… '정란'이라고 씌어 있었다.

그것을 본 승우와 정란은 모두 다 같이 놀랐다. 당연히 미주의 이름이 씌어 있을 거라고 생각했던 것이다.

"얘…… 얘가, 정말…… 이상한 생각까지 다 했네?"

정란은 가슴이 덜컥 내려앉으며 난처한 표정이 되었다.

승우는 그냥 스산하게 웃었다. 안타까웠다. 나를 두고 먼저 세상을 떠나며 그렇게도 갈등이 깊었구나 싶었다. 남자가 여자 없이 살 수 없다고 생각하는 것은 너무나 여자적인 건데. '정란'이란 글씨가, 여자가 없으면 승우도 딸 주미도 힘들고 불행할 거라고 생각한 미주의 가슴의 상처 같아서 승우는 가슴이 아프게 저려 왔다.

푸른 하늘이 아파 보였다. 크나큰 슬픔은 저렇게 청아한 빛깔일 것이리라. 하늘이 저토록 푸른 것은 지상에 사랑하는 이들을 두고 떠나는 사람들이 저 하늘에 너무나 많아서일 것이다. 그는 현대병원에 있을 때 미주가 불현듯 했던 말이 떠올랐다.

한번 위기를 크게 넘긴 다음날 밤 미주는 제법 심각한, 파리한 표정으로 승우를 침대 옆 의자에 불러 앉혔다.

"도저히 안 되겠어. 우린 성인들이니까 이쯤 해서 한번 진지하게 고민해 봐."

"뭘?"

"현실을 직시해 보잔 말이야. 우리 솔직하게 현재와 앞으로 올 상황을 받아들이고…… 그래, 우리 둘이 상의해 보잔 말이지."

"글쎄 뭘? 나중에 하자. 뭔진 모르지만 네가 건강해지고 난 뒤 얘기해도 늦지 않아."

"그러지 말고!"

승우가 일어서려 하자 미주는 날카롭게 소리쳤다. 자기도 고민 고민 끝에 겨우 말하려고 하는데 승우가 뒤로 물러서는 것이 화가 난 듯했다. 대체 뭘 고민해 보잔 말인가? 안 그래도 네가…… 네가 어디론가 가 버릴까 봐, 그날이 올까 싶어 무섭고 슬퍼 죽을 지경인 나보고.

승우는 한껏 신경이 곤두서는 기분이었지만 미주가 정색을 하고 놓아 주지 않자 다시 슬그머니 의자에 주저앉았다.

"나도 좋아서 이러는 거 아냐. 잘 알잖아?"

"그래…… 좋아. 얘기하고 싶은 게 뭔데?"

"승우 씨…… 이제 앞으로 어떻게 살아?"

"……?"

"누가 밥해 주고 빨래해 주고 하냐고?"

"지금 이런 판에 겨우 그딴 게 신경 쓰이니? 대답 듣고 싶어? 말하지. 전기솥 군과 세탁기 양이야. 내가 밥 잘하고 찌개 잘 끓이고 빨래 잘하는 거 너도 잘 알잖아?"

"애기는 어떻게 기를 건데?"

"……애기?"

"승우 씬 전혀 경험이 없잖아."

"누군 경험이 있어서 아기 기르냐? 방법은 있게 마련이야. 환자가 뭐 그런 것까지 신경 써? 빙빙 돌리지 말고 말해. 정확하게 하고 싶은 얘기가 뭐야?"

"좋아. 승우 씨, 정란이 어떻게 생각해?"

"너…… 너……. 지금 그걸 말이라고 하고 있니? 나, 지금 무지 화나 있어."

"안 무서워! 승우 씨도 정란이 좋게 생각하잖아. 정란이도 승우 씨를 좋은 사람이라고 생각하고."

"정말 미치겠네. 너, 왜 이렇게 못됐니? 왜 이렇게 사람 괴롭히는 거야? 내가 너한테 한 번이라도 이런 말 하는 거 들은 적 있니? 근데 왜 나를 이토록 비참하게 만드는 거야!"

미주의 마음을 이해는 하면서도 자기의 중심, 자기가 미주를 얼마나 깊이 사랑하는가를 몰라주는 것에 승우는 서운했고 분노를 터뜨렸다.

죽음의 문턱을 한번 넘기면 그만큼 절박하고, 어떤 면에서는 표독스런 면도 띠게 되는 걸까. 미주는 머리를 두 손으로 싸쥐고 있는 승우를 아무렇지 않다는 듯 바라보며 말했다.

"내가 말하는 방식이 지혜롭지 못하다는 거 나도 알아. 하지만 난 승우 씨 마음을 헤아려 줄 여유가 없어. 내가 보기에 승우 씨와 정란이는 잘 어울려. 그만큼 잘 어울리는 사람들도 없을 거야."

승우는, 이 지점에서부터는 이해가 되지 않았다. 목구멍까지 울컥 화가 치밀었다. 미주를 만난 뒤 처음으로 그녀가 미웠고 모질어지는 심정이었다.

"대체 왜 이래? 그건 살아 있는 사람들의 몫이야. 네가 이래라 저래라 할 권리는 없어. 그렇게 뭔가를 결정하고 싶으면 네가 건강해져야 돼."

"있어!"

"왜?"

"애기 때문에! 주미 때문에!"

"주미는 내가 잘 알아서 키울 거야. 그 걱정 때문이었어?"

"그래. 난 주미가 궁상맞게 자라는 거 정말 싫어. 언제나 찰랑거리게 머리를 빗고 예쁜 리본도 매주고 분홍색 레이스 달린 원피스도 입히고……. 그렇게 하기를 바래서야."

"미주야…… 내가 해. 내가 그럴 수 있어. 내가 너와 애기를 얼마나 사랑하는지 잘 알잖아. 제발 그만 하자. 나…… 네가 조금도 걱정하지 않게 주미 잘 키울 수 있어. 너…… 정말 나를 몰라서 이렇게 내 맘을 아프게 하는 거니?"

미주는 눈물을 주룩 흘렸다.

"난…… 당신보다 아기를 더 사랑해. 주미를 더 사랑해. 주미를 생각하면 하루에도 수십 번씩 천국과 지옥을 왔다갔다해. 너무나 고통스러워. 몸이 아픈 것보다도 마음이 곱절로 더 아파!"

승우는 미주를 와락 껴안았다.

"그래그래…… 내가 네 마음 아프지 않게 할게. 나…… 약속하면 꼭 지키는 거 알지? 당신이 목숨을 준 우리 주미, 내가 목숨을 걸고 누구보다도 예쁘고 밝고 착하게 키울게!"

"아…… 안 돼. 그래도…… 도저히…… 안심이 안 돼. 승우 씨, 제발 약속해 줘. 결혼한다면…… 만약 결혼한다면 꼭 정란이에게 프로포즈하겠다고. 응?"

"……."

"응? 제발! 제발…… 부탁할게."

"그래…… 그래. 그럼 그럴게."

"고마워. 나…… 정말 이기적이지? 내 마음 아프지 않게 하려고 당신 마음을 이토록 아프게 하다니!"

그 기억은 승우의 눈빛을 허허롭고 쓸쓸하게 만들었다. 그러나 그것은 불가능한 요구였다. 세상에 태어나 한 남자가 한 여자를 미친 듯이 사랑한 것은 한 번으로 충분했다.

먼저 간 여자는 하늘에 살고, 남자는 그 하늘을 올려다보거나 머리에 인 채 땅에 살고. 게다가 그녀가 목숨을 바꾼 생명인 주미가 있지 않은가. 문득 외로울 때면 하늘을 올려다보고 미주를 향해 얘기를 하거나 고개를 젖혀 입을 맞추면 될 일이었다.

한 사람의 생애가 뭐 그리 길겠는가. 주미 하나를 공들여 키워도 수십 년이 후딱 지나가 버릴 텐데. 그리고 홀가분하게 미주가 있는 하늘로 날아오르면 될 터였다. 오리온 집으로.

그런 승우의 마음을 정란 또한 잘 아는지, 미주를 양지바른 곳에 묻고 오던 날 정란은 승우에게 이렇게 말했다.

"승우 씨! 앞으로 주미에게 엄마가 필요하면 언제든지 날 불러. 유치원에 입학하는 날, 초등학교 입학식, 생일날 등등 말이야."

"……."

"승우 씨 맘 잘 알아. 미주는 내 친구야. 미주는 아내와 엄마라는 두 자리를 비웠지만, 난 내가 할 수 있는 일이 주미의 엄마 역할뿐이라는 것을 너무나 잘 알아. 언뜻 보면 승우 씨에게 여자의 자리가 빈 듯하지만, 하늘이 갑자기 사라지지 않는 한 승우 씨의 미주 자리도 꽉차 있다는 거 말이야. 미주도 지금쯤은 그 사실을 잘 알게 됐을 거야!"

정란은 주미를 안은 채 잠을 재우고 있었다. 주미는 방긋방긋 웃음을 웃다가 행복하게 잠든 듯했다. 주미는 건강했고 예뻤다. 주미는 슬프거나 불행하지 않을 것이다. 아빠는 땅을 지키고 엄마는 하늘을 지켜서 주미는 땅과 하늘을 다 가졌으니까.

승우는 지난 늦가을 미주와 함께 춤을 추었던 거대한 은행나무를 향해 걸어갔다. 이제야 한 그루라는 것이 새삼스러웠다. 저 은행나무의 짝도 하늘 나라에 서 있는 것일까. 짝인 은행나무는 미주의 말대로 근처 어디에서도 찾을 수 없었다. 그런데도 참으로 굳건하게 지상에 뿌리박아 거대하게 잘 자라났구나. 자신의 처지 때문이었을까. 승우는 문득 은행나무가 수컷 나무 같다는 생각이 들었다.

한아름이나 되는 큰 은행나무를 빙 돌아보다가 승우는 연못을 뒤로하고 우뚝 멈춰 섰다. 흠칫 놀란 눈이었다. 그쪽에서 본 은행나무의 아래 둥치에 그림과 글씨가 깊게 새겨져 있었던 것이다.

오리온자리처럼 네모진 모양 안에 '승우' '주미' '미주'가 일렬로 나란히 새겨져 있었다. ……언제 이걸 팠던 것일까? 몹시 힘들었을 텐데. 우리는 잠시도 떨어져 있지 않았는데! 승우는 놀라움이 가득 찬 눈으로 그것을 들여다보고 손으로 조심스럽게 '미주'란 이름을 천천히 매만졌다. 물기가 두 눈에 고여 올랐다.

푸르른 하늘에서 불현듯 거대한 은행나무 잎들을 흔드는 한 줄기 바람이 휙, 하고 불어왔다. 승우의 앞머리칼을 바람이 흩뜨렸다. 그리고 그 바람 줄기 속에서 문득 국화 향기가 났다. 싸하고 달콤하며 연한 국화 향……. 국화 향이었다.

승우는 눈을 크게 끔벅였다. 도자기를 만들 때 미주가 했던 말……. 승우는 미주를 떠올리며 거대한 은행나무를 향해, 사방을 향해 코를 큼큼거렸다.

아…… 이건…… 이건……. 분명히 국화향이었다. 또렷이. 바람결 끝이 완연한. 미주의 머릿결에서 나던 그 국화 향기 말이다.

느낄 수 있었다. 슬픔이 퍼뜨리는 사랑의 향기를.

수만 개의 작은 손바닥을 흔드는 것 같은 은행나무 가지를 올려다보며 승우는 두 눈을 감았다. 그리고 바람에 흔들리는 가지를 향해 떨리는 흰 손을 뻗으며 눈부신 미소를 머금었다.

미주야…… 너…… 너니? 너 거기 올라앉아 있는 거니? 하늘로 날아오르기 전에 수많은 은행잎으로 안녕…… 안녕이라고 지금 내게 말하고 ……있는 거니?

〈끝〉

국화꽃 향기 ②

초판 1쇄 발행 · 2000년 6월 10일
초판 65쇄 발행 · 2001년 2월 5일
지은이 · 김하인
펴낸이 · 박광성
펴낸곳 · (주)생각의 나무
주소 · 서울 마포구 대흥동 339 서림빌딩 3층
전화 · 713-2277
팩스 · 713-4247(영업), 713-4248(편집)
www.itreebook.com
webmaster@itreebook.com
등록 · 1997년 11월 19일 제 16-1552호

ISBN 89-88045-94-7
ISBN 89-88045-92-0(전2권)